译文经典

窄门

La Porte étroite

André Gide

〔法〕纪德 著

老高放 译

上海译文出版社

“你们要努力挤进窄门。”

——《路加福音》

第八章第二十四节①

① 实际上，这句话出自《路加福音》第十三章，显然是作者的笔误。

第一章

我这里所要讲的故事，在别人看来也许只是一部书，可它对于我却是倾注了全部身心的经历，我的善良品质就是在这段亲身经历中泯灭消失的。我只想老老实实地把自己的回忆写下来，即使有的地方显得支离破碎，我也不会为了弥补或连缀它们而虚构任何东西。我要是把气力花在矫揉造作的描写上，就会妨害我在讲述它们时所希望得到的最后乐趣。

我不到十二岁就失去了父亲。父亲生前曾经是勒阿弗尔[①]的医生，他死后，母亲觉得在这个地方再没有什么牵挂了，便决定带我到巴黎去住，她认为我在那里会更好地完成学业。她在卢森堡公园附近租了一套小房间，后来，弗洛拉·阿施布东小姐没有了家，也搬到这个小套间里同我们住在一起。开始时，她只是和母亲聊聊天，做做伴，没过多久，她便成了母亲的好朋友。我一直生活在这两个神情同样温柔、同样悲伤的女人身边，甚至已经看不惯她们不穿孝服了。一天，我想那大概是父亲已经死了好长时间了，我看到母亲把睡帽上的黑色饰带换成了一条淡紫色的饰带：

“呀，妈妈！”我喊了起来，“你戴这个颜色真难看！”

到了第二天，她又重新系上了一条黑色饰带。

我的身体一向很娇弱。母亲和阿施布东小姐所关心的就是不要让我累着，如果说这种关心居然没有使我变成一个懒散的人，那是因为我确实喜欢用功。气候刚一暖和起来，她们俩便认为我该离开这座城市了，因为我在这里都变得苍白了。六月中旬左右，我们便出发去勒阿弗尔郊区的封格斯玛尔庄园，每年夏天，舅舅布科林都在那里接待我们。

布科林一家的房子坐落在一个花园里。这个花园既不很大，也不很漂亮，与其他许多诺曼底人的花园相比没有什么

---

① 法国西北部港口城市。

特别显眼的地方。这是一座白颜色的三层楼房，很像上个世纪的许多农村房屋。房子朝东的一面正对着花园开了二十几个窗洞，后面的窗子也是那么多，不过房子的两侧却没有窗户。那些窗子是由许多块小方玻璃组成的：有些玻璃刚刚换过，显得非常光亮，而那些旧玻璃则显得灰蒙蒙的。有的玻璃上还有瘢痕，长辈人说那是“气泡”，透过它看到的树木都是曲里拐弯的；要是有邮递员从前面经过，他的脖子上会突然长出一个大肿包来。

花园呈长方形，四周围着墙。房子的前面是一片树林，树下是一块相当宽阔的草坪，而草坪则被一条由沙石铺成的小径圈了起来。围墙到了这里低矮了许多，可以使人看到围在花园外边的饲养场。花园和饲养场是按照当地人的方式，被一条种着山毛榉树的林荫道隔开的。

在这所坐面朝东的房子背后，花园显得更加宽展。在南墙下那行树木的前面，有一条鲜花怒放的小路，路旁的葡萄牙月桂树和一些别的树木形成了一道厚厚的屏障，挡住了海风的侵袭。沿着北墙还有另外一条小路，消失在密林丛中。我的表姐妹们把它叫做“黑色的小路”，每到黄昏，她们就不敢去那里了，生怕会有什么危险。这两条小路一直通到下面的菜园子，它是花园的延续部分，人们只要下几级台阶就可以到菜园子里了。在菜园尽里头的那堵墙上有一个小小的暗门，暗门的四周都是一些矮树丛，而那条种着山毛榉树的林荫道则忽左忽右，一直通到那里。站在西边的台阶上，人们可以从这片矮树丛的上边看到远处的高地，欣赏丰收在望的景象。在不太远的地平线上有一个小村庄的教堂，傍晚，清风徐来，还可以看到村里人家的炊烟缕缕。

每逢风清月朗的夏夜，我们吃过晚饭便都跑到“下面的花园”里去。我们从那个小暗门出去，来到小路旁的一张长椅上，站在那里可以对四周的情况一览无余：我们会看到，在一个废弃了的泥炭石场的茅草屋旁，舅舅、妈妈和阿施布东小姐正坐在那里；还会看到我们前面的那个小山谷弥漫着雾气，而更远处的树林上空则有一抹金辉。花园里已经很暗了，可我们却仍旧迟迟不愿归去。当我们回到房子里的时候，总会在客厅里看到我的舅妈，她几乎从来也不同我们一起出去……对于我们这些孩子来说，晚上的活动就到此结束了，但事情常常是，当我们听到大人们上楼睡觉的时候，我们仍然在自己的房间里读书呢。

除了在花园里之外，我们的大部分时间都是在“学习室”里度过的。这间屋子原是舅舅的办公室，后来人们在里面放了几张小学生用的课桌，就成了我们的“学习室”了。我和表弟罗伯尔并排坐在一起用功，朱丽叶和阿莉莎坐在我们俩的身后。阿莉莎比我大两岁，朱丽叶比我小一岁，罗伯尔在我们四个人当中是最年幼的一个。

这些并不是我在这里所要写的最初回忆，但它们却与这个故事有着密切关系。可以说，这个故事正是在我父亲去世的那年开始的。丧事，我自己的悲伤，或至少是我所见到的妈妈的悲伤，使我成了一个多愁善感的人，产生了一些新的激情：我过早地成熟了。这一年，当我们回到封格斯玛尔的时候，我觉得朱丽叶和罗伯尔显得更小了，可是当我看到阿莉莎时，我便立刻感到我们两人都不是小孩了。

是的，就是我父亲去世的那一年；我们刚到封格斯玛尔时，母亲同阿施布东小姐之间的一次谈话可以证明我没记错。当时母亲正在一间屋子里同她的女友交谈，我突然闯了进来，听到她们正在议论我的舅妈。母亲对舅妈没有穿孝或已经脱去了孝服感到非常气愤（说实在的，正如我很难想象母亲穿浅色连衣裙会是什么样子一样，我也很难想象布科林舅妈穿上黑色连衣裙的样子）。就我记忆所及，我们到达封格斯玛尔的那天，吕茜尔·布科林穿的是一件轻柔的连衣裙。阿施布东小姐像往常一样一个劲儿地和稀泥，劝我母亲息怒，她惶恐不安地证明说：

“不管怎样，白颜色也是戴孝嘛。”

“您认为她肩膀上那条红色披肩也是‘戴孝’吗？弗洛拉，您真气死我了！”母亲叫了起来。

我每次见到舅妈都是在暑假的那几个月，也许是由于夏天的炎热吧，我已经看惯了她那些质料轻薄、领口大敞的上衣，而母亲却不以为然，再加上舅妈披在赤裸肩膀上的那条披肩的火红颜色，这种袒胸露肩的装束就更让母亲感到愤慨了。

吕茜尔·布科林长得非常漂亮。我保存着一张她的小照片，可以看到她当年的风采：她看起来是那么年轻，简直会让人产生错觉，把她当作她女儿的姐姐。她侧身坐在那里，保持着自己的习惯姿势：她用左手托着微微低下的头，小巧的手指娇滴滴地弯曲在唇边。一个大网眼的发网把她那半披在脖颈上的满头鬈发兜了起来。在她上衣开领的地方，露出了一条宽松的黑丝绒饰带，带子的下端悬挂着一枚意大利镶嵌画纪念章。她系着一条黑丝绒的腰带，腰带上还绾了一个轻飘飘的大花结。在她坐椅的靠背上，挂着一顶宽边软草帽。所有这一切都增添了她的孩子气。她右手下垂，手里拿着一本合起来的书。

吕茜尔·布科林是克里奥尔人[①]；她不认识或者说她很早就失去了父母。母亲后来告诉我说，她被遗弃或失去了父母之后，便被当时还没有孩子的沃蒂埃牧师夫妇收留下来了。他们不久便离开了马提尼克岛[②]，带着她来到了布科林一家定居的勒阿弗尔。于是，沃蒂埃一家便和布科林一家有了经常来往。我舅舅当时是海外一家银行的职员，当他回到亲人身边见到小姑娘吕茜尔的时候，那已是三年后的事情了。他爱上了她，并且不顾父母和我母亲多么伤心，立刻就向她求婚了。那时，吕茜尔才十六岁。在此期间，沃蒂埃夫

① 克里奥尔人，是指殖民时期出生在拉丁美洲的西班牙人或法国人的后裔。
② 加勒比海地区的法属殖民地。

人有了两个孩子，她开始担心起来，生怕这个性格越来越古怪的养女会带坏她自己的孩子；后来，沃蒂埃家的收入也变得拮据起来了……所有这些都是母亲告诉我的，她是想让我明白为什么沃蒂埃一家那么痛快就接受了舅舅的求婚。此外，我所能猜想到的则是，年轻的吕茜尔开始使他们感到非常为难了。我比较了解勒阿弗尔的社会风气，很容易就能想象出人们会用什么态度来迎接这个如此迷人的姑娘。我后来结识了沃蒂埃牧师，他为人温和、谨慎、朴实自然，没有任何对付阴谋诡计的办法，对恶人完全无能为力——心善遭人欺嘛。至于沃蒂埃夫人，我就无可奉告了，因为她是在生第四个孩子时死的，而这个孩子差不多和我同样大，他后来还成了我的朋友……

吕茜尔 · 布科林很少和我们在一起。她只是午饭以后才从自己楼上的房间里下来，而且立刻就躺在一只长沙发或一张吊床上，直到晚上才懒洋洋地站起身来。她有时会拿起一条手绢放到自己毫无光泽的额头上，像是要擦去微微浸出的细汗；这条精美的手绢散发出来的香气，与其说是花香不如说是果香，非常好闻。她有时还会从腰间取出那面有光滑银盖的小镜子照照自己，用手指在嘴唇上沾一点唾液去润湿眼角。那面镜子是同其他小玩意儿一起拴在表链上的。她常常拿着一本书，可这本书差不多总是合着的，书页之间还夹着一把当书签用的角质裁纸刀。当你走近她时，她是不会从遐想中收回眼光看你一眼的。她常常会从漫不经心或疲倦的手中，从长沙发的扶手上或裙褶里把什么东西掉在地上，要么是一条手绢，要么是一本书，要么是一朵花，要么是一个书签。一天，当我去捡书的时候——我在这里讲的全是童年时的回忆——我看到了一些小虫子，吓得脸都红了。

晚饭后，吕茜尔·布科林从不到全家人的桌子跟前来，而是坐在钢琴前，自得其乐地演奏肖邦的慢板玛祖卡舞曲。她有时会中断节拍，停在一个和弦上一动不动……

我在舅妈跟前常常会感到特别不自在，产生一种既有仰慕又有恐惧的心绪骚动。我对她没有好感，也许是出于一种朦朦胧胧的本能，因为我感到她看不起弗洛拉·阿施布东小姐和我的母亲，而阿施布东小姐很怕她，母亲也不喜欢她。

吕茜尔·布科林，我并不想抱怨您，我只想暂时忘记您造成的那么多痛苦……至少，我谈到您的时候要尽力平心静气。

这年夏天——要不然就是第二年夏天，因为在这个背景总是相同的环境中，我那些重叠在一起的回忆有时会混同在一起——一天，我到客厅里去找一本书，看到她在那里，便马上要退出来；她平时好像并不太注意我，可这时却把我叫住了：

“杰罗姆！干吗这么快就走？难道我会吓着你吗？”

我只好向她走去，可心里却怦怦直跳。我强装着笑脸向她伸出手来，她用一只手握着我的手，又用另外一只手抚摸着我的脸颊：

“看你母亲把你打扮得有多糟，我的小可怜儿……”

她揉搓着我身上穿的那件大领子水兵服：“水兵的衣领还要敞得更开！”她说着便把那件衣服上的一个扣子拽掉了。“看！你自己瞧瞧这有多漂亮！”她拿出自己的小镜子，把我的脸贴在她的脸上，然后又用她那条光光的胳臂搂住我的脖子，从上面把手伸进我半敞开的衣服里，她笑着问我怕不怕痒，手却一个劲儿地往里伸……我赶紧跳到一边，由于用力过猛，我的水兵服被撕破了。我脸涨得通红，可她却大喊了一声：

“呸！你这个大笨蛋！”

我逃了出去，一直跑到花园的深处。那里有个浇菜地的小水池，我把手帕浸湿，贴在脑门上，然后又把脸颊、脖子以及所有被这个女人摸过的地方全都擦洗了一遍。

几天来，吕茜尔·布科林一直在“犯病”。她的病来得这样突然，使全家人都大为震惊。阿施布东小姐赶紧把那几个孩子带到一边，专门负责照看他们；但是大家无法平息她的叫喊，不让卧室或客厅里的可怕叫声传到孩子们的耳朵里。我舅舅慌作一团，只听见他在走廊里跑来跑去，一会儿去找毛巾，一会儿去找花露水，一会儿又去找麻醉剂。到了晚上，他看到舅妈还不能上桌吃饭，脸上现出一种焦虑不安的神情，人也变得苍老了。

当病情发作刚刚过去，吕茜尔·布科林便把她的孩子罗伯尔和朱丽叶叫到身边，她从来不叫阿莉莎。在那些阴沉沉的日子当中，阿莉莎一直把自己关在房间里，她父亲有时会到那里看一看她，因为他常常要和她聊一聊。

舅妈接二连三的发作给家里的用人很大刺激。一天晚上，她的病情发作特别厉害，当时我和母亲都在房间里，很难分辨出客厅里究竟发生了什么事情，只听到厨娘在走廊里一边跑一边喊着：

“先生快下来吧，可怜的夫人要死了！”

舅舅当时正在楼上阿莉莎的房间里；母亲走出房门，等着他从楼上下来。片刻之后，由于他们走过敞开的窗子时没有注意到我在屋子里，我听到母亲说：

“要不要我告诉你，朋友：所有这一切，全都是装腔作势。”她把音节分成了好几段，反复重复着，“装—腔—作—势。”

这件事发生在暑假快要结束的时候，父亲去世也有两年了。后来，我有好长一段时间没有再见到舅妈。不过，我还是想先向您谈一谈我的表姐，然后再说那件使我们全家都受到震动的伤心事，以及在这个故事就要结束之前，是一桩什么样的小事使我对吕茜尔 · 布科林复杂而又模糊的情感完全变成了仇恨。

虽然阿莉莎 · 布科林长得很漂亮，但我当时却没有发现；我愿意和她在一起，是因为她有一种非同一般的魅力。当然了，她的长相很像她的母亲，但她的眼神却迥然不同，以至于我直到后来才觉察到她们两人的相像之处。我不会画像，把握不住她脸上的线条和眼睛的颜色，只记得她那时的微笑已经流露出了忧伤的表情。她那对修长的眉毛非常特别，一直弯到离眼睛很远的地方。我在任何地方都没有见过这样的眉毛……不过，的确见过，是在但丁时期的佛罗伦萨的小雕像上见过，我情愿把童年时代的贝雅特里齐[①]想象为也有这样一对非常舒展的弯眉毛。这种眉毛使她的眼神中乃至整个人身上，流露出一种将信将疑的表情——是的，流露出一种充满激情的疑问表情。一切到了她身上，就都成了疑问和期待……我会告诉您这种表情是如何占据了我的身心并成了我的生命的。

① 贝雅特里齐，意大利杰出作家但丁终生热恋的一位佛罗伦萨少女。

不过从表面来看，朱丽叶显得更漂亮，在她的身上闪耀着欢乐和健康的光芒。但是比起她姐姐的优雅来，她的美就显得比较外露了，似乎所有人都可以轻而易举地得到它。至于我的表弟罗伯尔，他就没有什么特殊的地方了，这是一个和我年龄相仿的普普通通的男孩子。我玩儿的时候同朱丽叶和罗伯尔在一起，而交谈的时候则和阿莉莎在一起。阿莉莎很少参加我们的游戏。过去的事情已经那么遥远了，可她在我的眼里还是那样严肃，她温柔地微笑着，陷入一种沉思之中。——我们都谈些什么？两个孩子在一起能谈些什么？我一会儿就会尽力告诉您，但是为了接下来不再谈起我的舅妈，我想还是先把有关她的事情向您讲完。

那是父亲去世两年之后，我和母亲来到勒阿弗尔度复活节假日。由于布科林一家在城里的房子比较拥挤，我们没有住在他们家里，而是住在母亲的一个姐姐家里，她的房子要宽敞得多。我的姨妈叫普朗提埃，已经守寡多年。我很少有机会见到她，对她的孩子也不太熟悉，他们比我大许多，而且性情也完全不一样。“普朗提埃家宅”——勒阿弗尔的人都这么叫——并不在市里，而是坐落在那个俯临全城的“山坡”的半腰上。布科林一家住在商业区附近，不过沿着一条很陡的小路走，可以很快就从一家到另外一家，我一天要冲下去、再爬上来好几次。

这天，我是在舅舅家吃的午饭。饭后不久他就出去了。我陪着他一直走到办公室，然后便上山去普朗提埃家宅找母亲。到了那儿以后，我得知母亲同姨妈出去了，要到吃晚饭的时候才回来；我立即返身下山，重新回到市里。我平时很少有机会能够自由自在地在城里闲逛，于是我便来到由于海雾而变得阴沉沉的港口，在码头上游荡了一两个小时。猛然间，我产生了一种欲望，想要对阿莉莎来一次突然袭击，看看她在做什么，尽管我离开她的时间并不太长……我跑着穿过市区，在布科林家的门前按了一下门铃，便向楼梯上冲去。这时，给我开门的女用人却把我叫住说：

“不要上去，杰罗姆先生！不要上去：夫人犯病了。”

我才不管呢：我又不是来看舅妈的……阿莉莎的房间在第四层。第二层是客厅和餐厅，第三层是舅妈的房间，从那里传出了一阵说话的声音。房门敞开着，可我却必须从门前经过。房间里透出一道光线，把楼梯过道分成一明一暗的两个部分；我怕被人看到，犹豫了一下便躲到暗处，惊恐万状地向屋里张望：屋子里的窗帘全都拉上了，但那两个枝形烛台上的蜡烛却放射出了一种带有喜气的光芒。舅妈躺在屋子中央的一张躺椅上，脚边站着罗伯尔和朱丽叶，而她的身后却是一个穿着中尉军装的陌生青年。——一看到这两个孩子站在那里，我便感到今天非常不妙，但是凭着我当时的天真想法，他们的在场倒使我放下心来。

他们笑着注视着那个陌生人，只听他用一种非常悦耳的嗓音反复重复着：

“布科林！布科林！……我要是有一只温顺的绵羊，我肯定会把它叫做布科林的。”

舅妈哈哈大笑起来。我看见她递给那个年轻人一支香烟，他点燃后又递回给她，而她只吸了几口便把香烟扔在地上。年轻人赶紧去捡香烟，他假装脚被披肩缠住了，一下子便跪倒在舅妈面前……我趁着这场可笑的表演溜了过去，没有被人发现。

我来到阿莉莎的门前。我停下脚步等了一会儿，听到楼下的说笑声传了上来。我敲了敲房门，没有听到回答，也许是楼下的声音把我的敲门声盖住了。我推了一下门，房门便静悄悄地打开了。屋子里已经很暗了，我无法立刻就辨认出阿莉莎来。她跪在床头上，背朝着透进一线昏暗光亮的窗子。当我走过去时，她把身子转了过来，但她并没有站起来，只是低声说道：

“啊！杰罗姆，你怎么又回来了？”

我俯下身子拥抱了她；她的脸颊上充满了泪水……

这一刻决定了我的一生，就是今天回想起来，我也仍旧会感到心慌意乱。当然，我并不十分了解阿莉莎痛苦的原因，但我强烈地感到，对于这颗颤抖着的幼小心灵来说，对于这个哭得浑身哆嗦的娇弱躯体来说，这个痛苦来得太剧烈了。

我一直站在阿莉莎的身边，而她则始终跪在那里。我不知该如何表达自己心中刚刚产生的激情，只是将她的头靠在我的心口上，并用嘴唇吻着她的前额以传达自己的深情。我陶醉在爱情和怜悯之中，陶醉在一种混杂着热情、献身精神和美德的朦胧情感之中，我竭尽全力向上帝求助，甘愿放弃其他一切生活目标，要用自己的一生保护这个女孩子，不让她受到惧怕、痛苦以及生活的折磨。我跪在地上虔诚地祈祷着，把她紧紧地搂抱在自己的怀里。就在这时，我隐隐约约听到她说：

“杰罗姆！他们没有看到你，是吧？啊！你快走吧！不要让他们看见你。”然后，她又把声音放得更低一些说：“杰罗姆，不要告诉任何人……我那可怜的爸爸一点也不知道……”

我对母亲什么也没有讲，不过我却发现，普朗提埃姨妈近来总是同母亲没完没了地窃窃私语，她们的神情是那样神秘、匆忙、痛苦，每当她们密谈时我走过去，她们总是用“孩子到一边玩儿去吧”把我支开。所有这一切表明，她们对布科林家的秘密并不是完全不知道。

我们刚刚回到巴黎，一封从勒阿弗尔拍来的电报就又把母亲叫了回去：舅妈私奔了。

“是和别人么？”我问阿施布东小姐，母亲把我托付给她了。

“孩子，将来问你母亲吧，我无法回答你。”这位可爱的老朋友说，看得出她对这件事感到很伤心。

过了几天，我便和她一起出发到母亲那边去了。那是一个星期六，当时我的心里只想着一件事，那就是第二天我就会在教堂里见到表姐妹了，作为孩子，我把我们的重逢看得比什么都神圣。总之，我并不太关心舅妈的事情，而且碍着面子，我也不愿意去盘问母亲。

那天早上，小教堂里的人不太多。沃蒂埃牧师显然是有意用基督的这句话来作自己的默祷词的：“你们要努力挤进窄门。”

阿莉莎端坐在前几排的位置上，我只能看到她的侧脸。我目不转睛地注视着她，简直到了忘我的程度，就连那些我在极度兴奋中听到的话语，似乎也是因为她才有了意义的。——舅舅坐在母亲身边，他哭了。

牧师首先把这段《圣经》整个念了一遍："你们要进窄门。因为引到灭亡，那门是宽的，路是大的，进去的人也多。引到永生，那门是窄的，路是小的，找着的人也少。"①念完之后，他便从"大路"讲起，分别阐述这段话的主题……我听着听着便开始走神了，就像是做梦一样又看到了舅妈的房间。我仿佛又看到她笑嘻嘻地躺在那里，那个风度翩翩的军官也跟着一起笑……一想到他们欢笑的样子，我便觉得这太伤人、太过分了，简直是十恶不赦的罪过！

"因为引到灭亡，进去的人也多。"沃蒂埃牧师理了理头发继续讲着。我仿佛看到来了一群打扮得花枝招展的人，他们结队而行，一边走一边笑闹着，我不能也不愿加入他们的行列之中，因为我同他们每走一步都会使我离阿莉莎更远一点。——牧师又回到了这段话的开头，于是那扇必须经过努力方能进去的窄门便出现在我的眼前。我仍旧沉浸在梦想之中，那扇窄门竟变幻成了一座缝隙很小的闸门，我使出全身力气要从缝隙中挤进去，感到疼痛难堪，但在这种痛苦当中，我也品尝到了想象中的天堂乐趣。后来，这扇窄门又变

① 引自《圣经·路加福音》第七章。

成了阿莉莎的房门，为了进到里面去，我像苦行僧一样排除了头脑中的一切私心杂念……“引到永生，那门是窄的，路是小的，”沃蒂埃牧师接着说道。——除了苦行、悲伤之外，我在想象中还预感到了另外一种欢乐，它是那么神秘、单纯，简直就像天使一般圣洁，这种欢乐正是我的灵魂所渴望已久的。我一会儿把它想象成一首既尖细又温柔的小提琴曲子，一会儿又把它想象成一堆使我和阿莉莎的心灵化为灰烬的烈焰。我们两人穿着《启示录》中所描绘的那种白衣服[①]，手拉着手，注视着同一个目标向前走去……我才不在乎这些童年时的幻想会不会引人发笑呢！我就是要把它们原封不动地复述出来。至于其中可能出现的含混不清的地方，那也只是因为语无伦次和形象不完整的缘故，但它们所表达的感情却是非常准确的。

“找着的人也少。”沃蒂埃牧师最后说道，他对如何发现窄门做了阐释……“找着的人也少”，也许我就是其中的一个……

---

① 只有那些灵魂没有被玷污的人才能穿圣洁的白衣服。见《圣经 · 启示录》第三章。

布道临近结束时，我的心情已经激动得难以复加了，因此礼拜仪式刚一结束，我便跑了出去，连看都没有看阿莉莎一眼——我认为配得上她的最好行动就是马上离开她，我为能够考验一下自己的决心（因为我已经下定决心了）而感到骄傲。

第二章

我自小就受到了一种严格的教育，这使我自然而然就成了一个有责任感的人，再加上父母以身作则，用清教徒的清规戒律约束我情窦初开时的冲动，终于使我从内心崇尚美德。因此，正如我把别人的放纵看成是理所当然的一样，我把自我约束也看作是天经地义的，别人对我的严格要求非但不会使我产生反感，而且还会使我感到得意。我对未来的追求并不是幸福本身，而是为达到幸福所要做出的无限努力，更何况，在我的心目中，幸福和美德早就融为一体了。当然，作为一个十四岁的孩子，我的思想尚未定型，还是动荡不定的；但是没过多久，我对阿莉莎的爱便使我毫不犹豫地朝着这个方向发展下去了。这是一种心灵的顿悟，幸亏有了它我才认识了自己：我这个人表面上看比较内向，不善于表现自己，也不太关心别人，但内心深处却充满了期望。我胸无大志，没有什么别的幻想，只想和大家一样能有所成就。我喜欢学习，只对那些能够让人动脑筋的游戏感兴趣。我很少和同龄的同学来往，虽然我有时也和他们闹着玩，那也只是出于友情或为了助兴。但是一年之后，当阿贝尔·沃蒂埃来到巴黎与我同班学习的时候，我却同他结下了友谊。这是一个既可爱又懒散的男孩子，我并不认为他会有多大出息，但我非常喜欢他，和他在一起，我至少可以聊一聊勒阿弗尔和封格斯玛尔，因为我的思绪总是飞向那里。

至于表弟罗伯尔·布科林，虽然他也是我们学校比我低两个年级的寄宿生，但我也只是到了星期天才去看一看他。如果他不是我表姐妹的弟弟，我才不乐意见他呢，再说他长得一点也不像她们。

我当时心中充满了爱，而且正是由于有了这种爱，我才懂得了这两种友情对于我是多么重要。阿莉莎就像《福音书》中所说的那颗价值连城的珍珠，而我就是那个不惜倾家荡产也要得到它的人。[1]尽管我还是个孩子，但我把自己对表姐的感情叫做爱情难道就不对么？随着阅历的增长，我更觉得任何言语也不如爱情这个词恰当——而且，就是在我长大成人、真正感受到肉欲的苦恼时，我对阿莉莎的感情也没有发生什么质的变化：我从来也没有想过要直接占有她，当我还完全是个孩子的时候，我就只有一个念头，这就是要配得上她。我心中有一个秘密：无论是努力学习还是助人为乐，我把所做的一切都看作是献给阿莉莎的礼物，这样一来，我便可以使自己的品德变得完美无瑕了。不过，我常常把她蒙在鼓里，不让她知道这一切都是为了她。于是，我便陶醉在一种令人心醉神迷的克己修身之中了，遗憾的是，久而久之我竟忘记了自己的七情六欲，以至于不受点磨难心里就不舒服。

难道只有我才用这种争强好胜的心理鞭策自己么？看来阿莉莎对此并没有觉察，我的全部努力都是为了她，可她却从不因为我或为了我做任何事情。在她朴实无华的心灵当中，一切都是那么自然美丽。她的美德是那样温文尔雅，简

① 见《圣经 · 马太福音》第十三章。

直就是心灵的自然流露，就连她那忧心忡忡的目光，也由于她孩子般的微笑而变得妩媚动人了。我仿佛又看到了这种温情脉脉、布满疑虑的眼光，顿时明白了为什么舅舅在焦虑不安的时候要到她那里去寻求支持和慰藉，并让她帮着出主意。记得往年暑假期间，我就常常看到舅舅和她谈天。悲伤使他苍老了许多；他吃饭的时候不大讲话，只是偶尔笑一下，但这种强装出来的笑脸比起他的沉默不语更叫人看了心酸。他整个下午都在办公室里闷头抽烟，直到傍晚时分阿莉莎来看他，他才在她的再三请求之下出去走走。阿莉莎就像领着一个小孩一样把他带到花园里，他们俩沿着那条花径向下面走去，来到菜园台阶附近的圆形空地，然后便坐在我们事先摆放在那里的椅子上。

在那条花径的旁边有几棵又高又大的紫红色山毛榉树，它们之间只有一道由月桂树组成的篱笆相隔，可以使人听到对面人说话的声音而不被发现。一天傍晚，天色已经不早了，我仍然躺在一棵山毛榉树下的草坪上看书，忽然，我听到了阿莉莎和舅舅的说话声。显然，他们刚才谈论的是罗伯尔；这时，阿莉莎提到了我的名字，正当我要分辨一下他们的说话声时，我听到舅舅高声说道：

“他呀！他总是那么用功。”

我无意间成了一个窃听者。我真想走开，或者至少做个什么动作提醒他们我在这里。但是做什么呢？咳嗽？要不就大喊一声：我在这儿！我听到你们说的话了！……我到底没有吭声，与其说这是由于羞怯和害怕难堪，不如说是由于好奇，想听听他们还会说些什么。再说，他们只是从这里路过，我听到的也只能是只言片语……然而，他们走得却很慢，阿莉莎显然和往常一样胳臂上挎了一个轻巧的篮子，一边走一边摘去那些开败了的花朵，并把墙边树下那些因海雾的经常侵袭而掉落下来的青果子拾到篮子里。我听到她用清脆的嗓音说：

“爸爸，巴利谢姑夫是杰出的人么？”

舅舅的声音有些低沉、模糊，我没有听清他是怎样回答的。阿莉莎又强调了一句：

“你是说非常杰出？”

舅舅的回答变得更加含混不清了；阿莉莎接着又问：

“杰罗姆挺聪明，是吧？”

我没长耳朵还是怎么的？……不是呀，可我怎么什么也听不清。她又问道：

“你认为他会成为一个杰出人物吗？”

这时，我听到舅舅提高了嗓门说：

“不过，孩子，我想先了解一下你是怎样理解‘杰出的’这个词的！有些人非常杰出却无所表现，至少在常人眼里是这样……但他们在上帝的眼睛里却是非常杰出的。”

“我就是这样理解的，”阿莉莎说。

“那么……谁能知道呢？他太年轻了……当然，年轻是大有希望的，但要获得成功这还不够……”

“还需要什么？”

“这叫我怎么说呢，孩子？还需要信心、支持、爱情……”

“你说的支持是指什么？”阿莉莎打断他的话说。

“友爱和尊重，我就缺少这些，”舅舅伤心地回答。

他们的说话声终于远去消失了。

做晚祷告的时候，我对自己无意间偷听了别人的谈话感到很内疚，决定向表姐承认错误。当然，这里面恐怕还掺杂着一种想要探个究竟的好奇心理。

第二天，我刚讲了几句，她便打断我说：

“杰罗姆，你这样听别人谈话太不好了。你应该提醒一下我们，或者自己走开。”

“我向你保证我并没有存心要听……我是无意中听到的……再说你们也只是从那里路过呀。”

“可是我们走得很慢。”

“这倒是，但我几乎没有听清，而且很快就听不到了……告诉我，当你问舅舅如何才能成功时，他是怎么回答的？”

“杰罗姆，”她笑了笑说，“你不是听得一清二楚呀！你这是寻开心，想让我再说一遍。”

“我向你保证我只听了个开头……就听到他说信心和爱情。”

“他后来还谈到其他许多东西。”

“那你是怎么回答的？”

阿莉莎的神情立刻变得非常严肃认真：

“当他谈到生活中的支持时，我回答说你有母亲在。”

“噢！阿莉莎，你非常清楚母亲并不能跟我一辈子……而且这完全是两码事……”

她把头低了下去：

“他也是这么说。”

我颤抖着抓住她的手说：

“我将来的一切都是为你存在的。”

“但是杰罗姆，我也会离开你的。”

我从心眼里吐出这样一句肺腑之言：

“至于我，我是永远也不会离开你的。”

她微微耸了一下肩膀：

“你是不是没有足够的力量走自己的路？可是我们每一个人都必须独自到上帝那里去。”

“但是只有你才能给我指明道路。”

“你为什么不向基督求助却要另找向导呢？……难道你认为我们两人在一起会比我们各自忘记对方而向上帝祈祷更接近么？”

“是的，”我打断她说，“我每天早晚祷告的内容就是求他让我们在一起。”

"也许你还不了解领圣体的意义吧？"

"我对此可是心领神会：这就是要通过一件两人都喜爱的东西，使他们狂热地重新聚在一起。我觉得正是为了和你在一起，我才喜爱你也喜爱的东西的。"

"你的爱一点也不纯洁。"

"还是不要苛求我吧。要不是为了能在天堂里和你在一起，我才不管什么天堂不天堂的呢。"

她赶紧把一个手指放在嘴唇上，神情有些庄重地背了一句福音书中的话：

"'你们要先求他的国和他的义。'"

在我记录下这些话的时候，我深深地感到，对于这些不懂得为什么有些孩子会把自己的话看得那么认真的人来说，我们所讲的已经不太像是孩子话了。对此我毫无办法，我既不想为这些话辩解，也不想粉饰它们，好让人看着更合乎情理一些。

我们是在一本拉丁文《圣经》中读到福音书的，而且我们对其中一些很长的段落都烂熟于心了。阿莉莎是以帮助弟弟为名和我一起学拉丁文的，不过我猜想，她更主要的目的是为了能跟着我一起读书。当然啦，要是学习中没有她做伴，我对这种学习也不会有什么兴趣。如果说我有时会受到妨碍，那也不像人们所想的那样会使我的精神发展受到限制，相反，我倒觉得她在任何方面都比我强，很容易就能走在我的前面。不过，我是根据她来选择自己的精神发展道路的，我们当时所说的思想，在我们的脑子里常常只是一种掩盖着心心相印的幌子，比起其他那些掩饰情感和爱情的方法来，它要巧妙得多。

母亲开始时比较担心，因为她还不知道这种感情到底有多深。自从她感到自己气力不佳之后，她便常常喜欢允满母爱地把我们俩同时搂抱在自己的怀抱里。她早就患有心脏病，最近一个时期犯病的次数越来越多了。有一次，她病得特别厉害，便把我叫到跟前说：

“可怜的孩子，你看我已经老多了，说不定哪天我就会突然离你而去了。”说到这里她便不做声了，一个劲儿地在那里喘气。看来她在等着我把一切都告诉她，于是我便大声喊道：

“妈妈……你是知道的，我想和阿莉莎结婚。”我的话显然触到了她的心事，因为她立刻就说：

“是的，我想同你谈的就是这件事，我的杰罗姆。”

“妈妈！”我哭泣着说，“你相信她是爱我的，是吧？”

“相信，我的孩子。”她把这句话亲切地重复了好几遍。但是，她又痛苦地补充了一句：“还是让上帝来安排吧。”我依偎在她的怀里；她把手放在我的头上接着说：

“愿上帝保佑你们，我的孩子！愿上帝保佑你们俩！”说完她便昏了过去，我唤了半天也没有把她唤醒。

这次谈话后来就再也没有下文了。第二天，母亲感觉好了一些，我就又去上学了，此后，我们两人便心照不宣，谁也不提这件事了。除此之外，我还知道些什么呢？阿莉莎爱我，对此我一刻也不怀疑。如果说我当时还有什么疑虑，那么在紧接着发生的那件伤心事中，这种疑虑便在我的心中烟消云散了。

我母亲是在一天晚上非常安详地死去的，当时她的身边只有我和阿施布东小姐。她病情的最后一次发作开始时并不像前几次那样厉害，只是到了最后才表现出危重的症状，一下子便夺去了她的生命，以至于我们的任何亲戚都没能及时赶来看她一眼。亲爱的母亲死去的第一个晚上，我是在她的老朋友身边为她守灵的。虽然我深深地爱着母亲，但令人奇怪的却是，尽管我流了许多眼泪，可我的心里却一点也不感到悲伤；我之所以会哭，是因为我觉得阿施布东小姐太可怜了，她眼睁睁地看着比自己小许多岁的朋友竟先她一步去见上帝了，心里会多么难受。至于我的痛苦，则完全被另外一种隐私念头所占据了，即阿莉莎很快就会为了奔丧来到我的身边。

舅舅第二天就到了。他把自己女儿的一封信交给了我，阿莉莎还要再过一天才能和普朗提埃姨妈一起来。她在信中写道：

> ……杰罗姆，我的朋友和弟弟……我为没有能在她临终前把话说出来，让她心满意足地死去而感到非常难过。我现在只求她能够原谅我，并愿上帝能够成为我们俩今后的唯一向导！别了，可怜的朋友，我是你的阿莉莎，而且比任何时候都更加温柔。

这封信是什么意思？她为没有把话说出来而难过，但这些话如果不是对我们未来所下的保证又会是什么呢？我那时还很年轻，还不敢立刻就向她求婚。再说，我也不需要她对我下什么保证，我们不是早就像订过婚了的人一样吗？对于我们那些亲人来说，我们俩的爱情已经不是什么秘密了，无论是我舅舅还是我母亲，谁也没有阻挠过这件事，而且相反，舅舅早就把我当作他的儿子看待了。

没过几天复活节便到了，于是我又回到了勒阿弗尔。我住在普朗提埃姨妈的家里，但每顿饭差不多都是在布科林舅舅家吃。

菲莉希·普朗提埃姨妈是个非常好的女人，然而，无论是我的表姐妹还是我，谁都和她亲热不起来。她常常要为忙忙碌碌的生活疲于奔命，这使得她动作生硬，声音沙哑，就连她那爱抚的表示也会把人推得跌跌撞撞。她从不考虑时间地点，只要按捺不住自己的感情了，她就要发泄一下对我们的爱。布科林舅舅倒是挺喜欢她，但是只要听一下他和她讲话时的语气，我们很容易就会感到他更喜欢的是我母亲。

“可怜的孩子，”一天晚上她对我说，“我不知道你今年夏天有什么打算，但我希望能够了解一下你的计划，以便决定我自己该做些什么；如果我能够对你有用的话……”

“我还没想好呢，”我回答她说，“也许我要设法去旅行。”

她接着说道：

“要知道，你在我家里就像在封格斯玛尔一样永远是受欢迎的人。但是，如果你能到那边去，你舅舅和朱丽叶会感到高兴的……”

“您应该说阿莉莎会感到高兴。”

“可不是！真抱歉……请相信，我一直以为你爱的是朱丽叶！直到你舅舅告诉了我……这还不到一个月呢……你知道，我是非常喜欢你们俩的，但我并不太了解你们；我很少有机会看到你们在一起！……再说，我也不太善于观察，而且也没有时间留意与自己无关的事情。我总是看到你和朱丽叶一块儿玩……我想……她很漂亮，也很活泼。”

“是的，我现在仍然愿意和她玩儿，但我爱的却是阿莉莎……”

“很好，很好，随你的便……我嘛，你是知道的，可以说并不了解她；她不如妹妹爱说话，我想，你之所以会选择她一定有自己的道理。”

“不，姨妈，我对她的爱不是挑选出来的，我也从来没有要求过自己讲出什么道理，我是……”

“别生气，杰罗姆，我和你谈这些并没有什么恶意……我被你搅得都忘了想要说的事情了……啊！是这么回事：我在想，所有这一切的结局当然是结婚，但是从情理上讲，你正在服孝，还不能订婚……而且，你还太小……我曾经想过，既然你母亲已经不在了，你如果再一个人到封格斯玛尔去，就会引起别人的误会……”

“但是，姨妈，我正是为了这个才说要去旅行的。”

“不错。好吧！孩子，我是这样想的，如果我同你一起去就会使事情简单一些，而且我已经做了安排，这使我在今年夏天可以有一段空闲的时间。”

“我只需要求一下阿施布东小姐，她就会非常高兴地来的。”

“我早就知道她会来，但这是不够的！我也得去……噢！我并不是要代替你那可怜的母亲，”她说着说着突然哭了起来，“但我可以料理家务，……总之，我不会让你、你的舅舅和阿莉莎感到为难的。”

菲莉希姨妈误以为自己是个有用的人，可是说实在的，也只有她才会使我们感到为难。正如她所宣布的那样，刚一到七月份她便来到封格斯玛尔住下了，没过多久，我和阿施布东小姐也到了那里。她口口声声说要帮助阿莉莎料理家务，可实际上却把这个一向非常安静的住宅搅得嘈杂之声不绝于耳。她的殷勤周到本来是为了让我们高兴，就像她说的“使事情简单一些”，但是她也太殷勤了，使得我和阿莉莎常常感到很不自在，几乎不在她跟前讲话。她一定会觉得我们之间非常冷淡……可是就算我们两人不保持沉默，恐怕她也不会理解我们的爱情吧？相反，倒是朱丽叶的性格比较适合那种溢于言表的热情。我不喜欢姨妈也许还有别的原因，因为每当我看到她那么宠爱朱丽叶就感到不满。

一天早上邮差来过之后，她把我叫到跟前说：

“可怜的杰罗姆，非常抱歉，我女儿病了，叫我去呢；我不得不离开你了……”

姨妈走了之后我是否还应该留在封格斯玛尔呢，我拿不定主意了。于是我便找到舅舅，把自己的想法告诉他。可是话刚开了个头，他便喊了起来：

“真不知道我那可怜的姐姐还会想出什么东西，竟把如此自然的事情搞得那么复杂？唉！可你为什么要离开我们呢，杰罗姆？难道你和我自己的孩子还有什么两样吗？”

虽说姨妈在封格斯玛尔只住了两个月，可她一走，家里就显得安静了许多。谢天谢地，家里又恢复了往日的宁静。我因失去母亲而感到的悲哀并没有给我们的爱情蒙上什么阴影，而且我们之间的感情好像更深了。我们开始过上了一种非常宁静的生活，静得我们心脏的每一下微小颤动都能听见。

记得姨妈走后没几天的一个晚上，我们曾经围坐在桌子边谈论过她：

“这个人太好动了！难道忙碌的生活就没有给她的灵魂

留下一点安宁的时刻吗？从表面看，她是出于善良的爱，可这种爱在这里却是怎样反映出来的呢……”我们之所以提到反映这个词，是因为我们俩都记得歌德在谈到斯特恩夫人时说过的那句话：“最好还是看一下世界是如何反映在这颗心灵上的。”我们当即对各种各样的反映方式的优劣做了一种莫名其妙的评价，认为沉思默想是一种最高级的能力。舅舅坐在一旁始终没有吭声，这时他苦笑了一下责备我们说：

“孩子们，上帝的眼睛是亮的，哪怕是破碎的形象，他也认得出来。我们可不要仅仅根据人们一时的表现来评价他们的一生。我那可怜的姐姐让你们感到讨厌了，可这一切却是由许多事情造成的，对此我非常了解，因此我决不会像你们那样对她大加斥责。要知道，再讨人喜欢的年轻人也会老朽的。你们说菲莉希好动，这种好动在最开始的时候却是一种使人着迷的奔放热情，是一种不假思索的冲动，随时都会自然而然地流露出来，简直美极了……我可以向你们保证，你们如今的样子和我们当初没有什么两样。我那时比较像你，杰罗姆，也许还有一些更相像的地方我不知道。菲莉希很像现在的朱丽叶……可不，就连长相也一样，”他把身子转向自己的女儿，“我有时会在你的说话声中突然辨出她的声音；她的微笑也和你一样——她有时也像你那样，两只胳臂肘朝前，用交叉在一起的手指托着脑门，呆呆地坐着什么也不干。这个动作在她身上消失的时间并不算太长。”

这时阿施布东小姐转过身来悄悄地对我说：

“你母亲，阿莉莎让我想起了你母亲。”

这年夏天天气格外晴朗，仿佛一切都沉浸在蓝色的海洋之中。青春的热情使我们战胜了痛苦和死亡，把我们面前的愁云惨雾全都驱散了。我每天早晨都是在欢乐中笑醒的，天刚一放亮我便爬起身来，迎着曙光奔去……每当我想起这段时光，就好像又看到了那到处都是露水的清晨。朱丽叶比她那个喜欢熬夜的姐姐起得早，因此，每天都是她和我一起到楼下的花园去。她成了我和她姐姐之间的信使；我总是没完没了地和她讲述我们的爱情，而她也好像听不厌似的。我不敢当面对阿莉莎讲的话，我可以对她讲，可是一到了阿莉莎的面前，我就会因爱得太深而变得局促、慌乱起来。阿莉莎似乎对这种把戏也听之任之，并为我能够痛痛快快地和她妹妹畅谈感到高兴，不知道或者假装不知道我们所谈的其实就是她。

爱情啊爱情，你妙就妙在令人难以捉摸，甚至会使人神魂颠倒。莫非你有什么秘密途径，不然我们怎么会从笑到哭，又从最天真的欢乐到对美德的追求！

夏天像一泓清澈的泉水一样流逝了，它是那么清澈，以至于那些悄悄流逝的时光在我今天的记忆中几乎什么也没有留下。我所能回忆起来的只是一些谈话和读书时的情景……

“我做了一个让人伤心的梦。”一天早上阿莉莎对我说，那是暑假最后几天的事情，“我活着，可你却死了。不过，我并没有看到你死，只是听说你死了。这太可怕了，简直是不可能的事情，后来我终于打听到你只是不在这里了。我们被分开了，不过我感到还是有办法和你重逢的，于是我就找啊找啊，拼了命地找这个办法，可这一使劲就把我弄醒了。

“今天上午，这个梦的印象一直留在我的脑子里，就好像我还在继续做梦一样。我觉得自己仍然没有能和你在一起，而且还要离开你很久很久，”她说到这里便低声补充了一句，“我的整个一生，而且，我整个一生都要拼命地使劲……”

“为什么？”

“要想重逢，我们每个人都必须拼命使劲。”

我不想或者说不敢拿她的话当真。我想反驳她，可心里却怦怦乱跳，突然，我不知从哪儿来了一股勇气，便对她说：

“那么好吧，我今天早上也做了一个梦，梦见我和你建立了一种牢不可破的夫妻关系，什么力量也无法将我们分开——除非是死亡。”

“难道你认为死亡可以使人分离么？”

“我是说……”

“我的想法却是：死亡反而可以使人更加接近……是的，使生前分离的人更加接近。”

所有这些给我们留下的印象太深刻了，就连我们当时说话时的语调我现在还都记得。不过，我只是到了后来才完全理解了这些话的严肃性。

夏天一晃就过去了，田野里的大部分庄稼已经收获完毕，显得空荡荡的，让人一眼望不到边。在我动身的前一天，不对，是前两天的傍晚，我和朱丽叶朝着下面花园的那片小树林走去。

“你昨天给阿莉莎背诵的是什么？”她对我说。

“什么时候？”

“就在泥炭石场的那张长椅上，当时我们把你们俩甩在后面了……”

“啊！……我想大概是波德莱尔的几首小诗吧……”

“都是哪些诗？你不愿意告诉我吗？”

“‘我们不久就要陷入冰冷的黑暗之中，’”我不情愿地背了起来，可她却马上打断了我，用一种变了调的颤抖嗓音接着背道：

“‘别了，我们短暂夏日里的灿烂光明！’”

“怎么！你也知道这些诗？”我非常惊奇地叫了起来，“我还以为你不喜欢诗呢……”

“为什么？难道是因为你没有在我面前背诵过诗吗？”她笑着说道，显得有些局促不安，“你有时好像把我当成十足的傻瓜。”

“非常聪明的人也可以不喜欢诗嘛。我从来没有听你谈起过诗，或者说你从来也没有向我提出过背诗的要求。”

“因为这全都被阿莉莎包下了……”她沉默了片刻，忽然问道：

“你是后天走吗？”

“该走了。”

“你今年冬天打算做什么？”

“去巴黎高等师范学校上一年级。”

“你想什么时候和阿莉莎结婚？”

“我不想在服兵役之前结婚。甚至在没有搞清自己将来要做什么之前，我也不想结婚。”

“这么说你现在还不知道了？”

“我现在还不想知道。让我感兴趣的事情太多了，我要尽量把这段应该有所选择的时间拖延下去，仅此而已。”

“你迟迟不订婚是不是也有害怕被拴住的原因？”

我耸了耸肩膀没有回答，可她却非要刨根问底：

“那么你们不订婚还等什么呢？为什么你们就不能马上订婚呢？”

“可是我们为什么一定要订婚？虽然别人不知道，但我们心里都清楚我永远属于她，她也永远属于我，难道这还不够么？就算我有兴趣发誓终身爱她，那么你看到我把爱情同海誓山盟联系在一起会觉得更美好吗？反正我不这样认为。我觉得赌咒发誓是对爱情的亵渎……只有当我对她发生怀疑的时候我才会想到订婚。”

“我可不是怀疑她……”

我们俩在花园里慢慢向前走着，一会儿便来到了我曾经无意中听到阿莉莎和她父亲谈话的那个地方。我脑子里突然闪过一个念头，我刚才不是看见阿莉莎也到花园里来了么？也许她现在就坐在那块圆形空地上，而且她也完全能够听到我们的谈话。让她听一听我不敢当面对她讲的话，我一下子就被这种可能性吸引住了。我为自己的把戏感到很开心，于是便放开嗓门喊道：

“是呀！”这声感慨在我那个年龄的确有些做作，而且我当时太注意自己说的话了，竟没有听出朱丽叶的言外之意……“是呀！爱人要是能像镜子一样就好了，我们只要俯身一照便能看到自己的形象！从别人身上看自己就和从自己身上看自己一样，甚至看得还要清楚！温情啊，你是多么沉静安谧！爱情啊，你是多么纯洁无瑕……”

朱丽叶显得非常激动。我很得意，以为这是我那平庸的抒情语调所产生的效果。突然，她把头埋在我的怀里：

“杰罗姆！杰罗姆！我敢肯定你会使她幸福的！如果你也让她感到痛苦，我想我会恨你的。”

“可是朱丽叶，”我喊了起来，我把她搂抱在怀里，将她的额头抬起，“那时我也会恨我自己的。你哪里知道我的心呀！……我之所以到现在还不想决定今后干什么，完全是为了能够更好地和她一起开始自己的生活！我把自己的整个未来全都寄托在她身上了！要是没有她，再好的前程我也不稀罕……”

“那么你和她谈起这些时，她是怎么说的？”

“我永远也不会和她谈这些！永远不会！也正因为如此，我们才没有订婚；我们两人之间永远也不会提结婚的事，更不会提婚后做什么。啊，朱丽叶！我觉得要是能和她生活在一起实在太美了，我简直不敢……你能理解吗？我简直不敢向她提出这种要求。”

“你是想让她喜出望外。”

“不，决不是这样。我是担心……担心使她害怕，明白吗？我担心自己朦朦胧胧预感到的这种洪福会把她吓坏！——有一天，我曾经问她是否希望去旅行，可她却说她什么也不希望，而且，她还认为只要知道有一些地方很美丽，可以供人游览就行了……”

“杰罗姆，你希望去旅行？”

“哪儿都想去！我觉得整个生活就像是一次漫长的旅行——我和她一起在书中漫游，在人群中漫游，在世界各地漫游……你想过没有起锚这个词是什么意思？”

“想过，我经常会想到，”她低声说。

我对她的话左耳朵进右耳朵出，几乎没有去听，只顾说自己的：

“我们在黑夜里起航，一觉醒来已是满天耀眼的朝霞：面对着变幻不定的波涛，我们感到世界上只有我们两个人……”

“然后，你们便到了一个陌生的港口，当你们还完全是个孩子的时候，你们就已经在地图上看到过它了……我想象得出你从舷梯上走下轮船，而阿莉莎则靠在你的臂膀上。”

“我们飞快地跑到邮局，”我笑着补充了一句，“索取朱丽叶写给我们的信……”

“……是从封格斯玛尔写的，她会一直留在那里，这个地方对于你们是那么渺小，那么凄凉，那么遥远……”

这些完全是她的话吗？我不能肯定，因为我已经告诉过您，我当时整个身心都充满了对阿莉莎的爱，很可能把她的话听岔。

我们来到了那个圆形空地附近。正当我们打算往回走的时候，阿莉莎突然从阴影里钻了出来。她的脸色是那样苍白，使得朱丽叶惊叫了起来。

“确实，我觉得身上不太舒服，”阿莉莎匆忙而含混地说，“外边真凉快，不过我想我最好还是回去。”她说罢便立刻离开我们，快步向家里走去。

"她听见我们说的话了，"阿莉莎刚刚走远，朱丽叶便叫了起来。

"可是我们并没有说什么会刺伤她的话呀，相反……"

"放开我，"她说了一声便朝着姐姐走的方向追去。

这天夜里，我怎么也无法入睡。阿莉莎只是吃晚饭的时候露了一下面，然后便叫着头痛马上走开了。她都听到我们说了些什么呢？我不安地回想着我们所说的话。后来我转念一想，也许我不该和朱丽叶走得那么近，不该随随便便搂抱她；但这在孩子中间是常有的事呀，而且阿莉莎也已经多次看到我们这样了。啊！我真糊涂，只顾着检讨自己，竟丝毫没有想到朱丽叶的话。可是她都说了些什么，我当时没有认真听，记不起来了，但是阿莉莎却很可能听得一清二楚。算啦！我感到心神不定，茫然若有所失，生怕阿莉莎会对我产生怀疑。我当即做出了一项决定，也没有想一想会不会有什么别的风险，更顾不得自己曾经和朱丽叶说的话了，说不定这还是受了她的话的影响呢，我决定打消自己的犹豫和顾虑，第二天就和阿莉莎订婚。

提起我动身的前一天，那可真够叫人伤心的。看得出她在躲着我。整个白天我都没有机会和她单独在一起；快到吃晚饭的时候了，我担心自己会和她说不成话就得走了，便不由自主地闯进了她的房间。她背冲着房门，正抬起胳臂要把一条珊瑚项链戴在脖子上。她的面前是一面镜子，镜子两旁各有一支点燃的蜡烛，她刚把身体凑向镜子，便从自己的肩膀上方看到了我。她没有把身子转过来，而是在镜子里久久地注视着我：

“怎么！难道我的门不是关上的吗？”她终于说道。

“我敲过门，可你没有答应。阿莉莎，你知道不知道我明天就要走了？”

她把那条没有来得及戴好的项链放在壁炉上面，没有回答。我觉得订婚这个词太干巴、太生硬了，便不知不觉地换了一种婉转的说法。阿莉莎刚一听明白我的意思，便摇晃着身子靠在壁炉上了……我自己也颤抖得很厉害，简直不敢朝她那个方向看。

我低着头走到她身旁，将她的手握住。她没有把手缩回去，而是微微低下头，将我的手稍稍抬起吻了一下。她半倚在我的身上轻轻地说：

“不，杰罗姆，不，我们还是不要订婚吧，求求你了……”

我的心脏跳得很厉害，我想她一定能够感觉到。她更加温柔地说道：

“不，还不到时候……”

“为什么？”

“我正要问你呢：为什么？为什么改变主意？”

我不敢对她提昨天的那场谈话，但她肯定能够感觉到我止想着那件事。作为对我的想法的回答，她两眼直勾勾地望着我说：

“你想错了，我的朋友：我并不需要什么洪福。难道我们现在这样还不够幸福吗？”

她勉强笑了笑，一看就知道是装出来的。

“不幸福，因为我就要离开你了。”

“听我说，杰罗姆，今天晚上我是不会同你谈什么的……我们还是别在这最后的时刻扫兴吧……不，不。请放心，我比任何时候都更加爱你。我会给你写信的，并会向你解释清楚。我保证给你写信，明天就写……你一走就写。——你现在走吧！看，我都哭了……让我自己待一会儿吧。”

她轻轻地把我从身边推开——我们就这样分手告别了，因为当天晚上我再也不可能和她说什么了。第二天，当我动身的时候，她把自己关在房子里没有出来。我看见她隔着窗子向我挥手告别，目送着我坐在车子上向远方驶去。

第三章

我差不多有一年没有见到阿贝尔·沃蒂埃的面了。我们两人都是这一年考入巴黎高等师范学校的。在此之前，阿贝尔提前应征入伍去了，而我则在复习修辞学为获取学士学位作准备。我比阿贝尔小两岁，因此我可以推迟到从巴黎高等师范学校毕业之后再去服兵役。

我们两人都为能够再次相逢感到高兴。阿贝尔从军队里出来之后，在外面旅行了一个多月。开始时我还直担心他会有什么变化，然而他只是更加自信了，至于他的风流潇洒则丝毫不减当年。开学的头一天下午，我们是在卢森堡公园度过的。我再也憋不住自己的心里话了，便同他谈起了我的爱情，而且谈了很长时间。其实，他早就知道了。这一年，他已经和一些女人打过交道，因此他在我面前总是摆出一副老大哥的样子，显得有些自命不凡，不过，我丝毫也不感到生气。他笑话我竟然不知道取胜的秘诀，按照他的说法，就是永远也不要让女人安静下来。我让他尽情说下去，但心里却想，他的高论对我和阿莉莎都不适用，这只能说明他并不十分了解我们。

在我们去学校报到的第二天，我收到了阿莉莎的一封信：

亲爱的杰罗姆，

我对你提出的建议(这也是我的建议！就这样称呼我们的订婚吧！)想了许多。我担心自己的年龄太大，会配不上你。也许你现在还不觉得，因为你还没有机会看一看别的女人；然而我却在想，如果我委身于你之后，看到自己再也不能使你高兴，到那时我会感到痛苦的。你读到这里一定会非常生气，我想我已经听到了你辩驳的声音。不过，我还是请求你再等一等，等到你涉世稍深一点再说。

要明白，我这里所说的都是为你好，因为对于我来说，我深信自己永远也不会中断对你的爱。

阿莉莎

中断我们的爱情！这是哪儿的话！我感到奇怪，更感到伤心，我心里乱极了，立刻跑到阿贝尔那里将这封信拿给他看。

他看过信之后摇了摇头，从紧闭的嘴唇当中迸出一句话："好吧！你打算怎么办？"我把两手一摊，显出一副完全没了主意的倒霉相。"我希望你至少先不要写回信！男人一旦和女人商量，他就完了……听着：我们要是能在星期六晚上赶到勒阿弗尔过夜，那么星期日上午我们就可以到封格斯玛尔了，星期一还可以赶回来上第一节课。我自从当兵以后就一直没有见过你的那些亲戚，这足以作为我和你一起去的正大光明的理由。如果阿莉莎看出这只是一个借口，那就再好不过了！到时候我负责陪着朱丽叶，你呢就去和她姐姐说话。你千万别要小孩子脾气……说实话，在你的爱情故事中有些事情使我很难理解，你大概没有把一切都告诉我……这不要紧！我会搞清楚的……特别是，你不要事先通知我们的到来：我们要出其不意，使你的表姐来不及准备。”

我推开了花园的栅栏门，心里怦怦直跳。朱丽叶立刻就迎着我们跑来了。阿莉莎当时正在楼上收拾衣物，没有马上下来。我们在客厅里与舅舅、阿施布东小姐聊了好一会儿，她才终于走了进来。如果说我们的突然到来使她感到心慌意乱，那么她至少没有流露出一丝一毫。我一下子便想到了阿贝尔的话，她在楼上迟迟不下来肯定是为了作些对付我的准备。朱丽叶别提有多高兴了，相形之下，阿莉莎的矜持就显得更加冷冰冰了。我能感觉到她不赞成我回来，至少她在尽力表现出一副不赞成的态度，让你不敢揣想这种态度后面会掩盖着一种更加热烈的感情。她在窗子附近的角落里找了个地方，离我们远远地坐下，她似乎在全神贯注地读一本关于刺绣的书，每读一句嘴唇还动一下。幸亏有阿贝尔在！我觉得自己连说话的勇气都没有了，要不是他在那里讲当兵时的事情和旅游见闻，这次重逢的最初时刻就会非常沉闷。看得出来，舅舅也显得特别担忧。

刚刚吃过午饭，朱丽叶便把我叫到一边，然后又把我拉到花园里说：

“没想到吧，有人向我求婚了！”我们四周刚一没有人她就嚷嚷起来了，“昨天菲莉希姨妈给爸爸写了一封信，告诉他说一个在尼姆[1]种葡萄的人主动攀亲。这是一个非常好的人，”她肯定地说，“今年春天他在外面碰到过我几次，就爱上我了。”

“那你留意过这位先生么？”我问道，不由自主地对这位求婚者产生了一种敌意。

“留意过，我知道他是谁。一个堂吉诃德式的老好人，没有文化，很丑，很俗，挺可笑的，姨妈一见到他就严肃不起来了。”

“他有……前途吗？”我用一种嘲弄的口吻说。

“看你，杰罗姆！又在开玩笑！跟商人似的！……你要是见过他，就不会对我提出这种问题了。”

“那……我舅舅是怎么答复人家的？”

“是我自己答复的，我说我还太小不能结婚……可

---

① 法国地中海沿岸城市。

惜，”她笑着补充说，“可惜姨妈早就料到我会反对，因此她在信的末尾又加了一句，说爱德华·泰西埃先生，这是那个人的名字，同意等我，还说他到时愿意‘入赘’……真荒唐，你说我该怎么办？我总不能让人转告他，说他长得太丑吧！”

“当然不能，只能说你不愿意嫁给一个种葡萄的人。”

她耸了一下肩膀：

“这些理由，姨妈才不往脑子里去呢……别提它了。——阿莉莎给你写信了？”

她说起话来滔滔不绝，而且显得非常激动。我把阿莉莎的信递了过去，她读过之后脸色变得通红。她似乎带着一种愤怒的语气问我：

“那么，你打算怎么办？”

“没办法，”我回答说，“因为我现在已经来了，我觉得我要是写信会更从容一些，我真后悔，我不该来。你能理解她想说的意思么？”

“能理解，她是想让你自由。”

“难道这束缚了我的自由了吗？你能理解她为什么对我

写这些么？”

她应了一声：不。她回答得那么干脆，倒使我觉得虽然自己还不知道全部真相，但我至少可以肯定，朱丽叶并不是一无所知。——我们沿着小径来到一处拐弯的地方，突然，她转过身来说：

“现在，你走吧。你并不是为了和我交谈才来的。我们在一起已经很长时间了。”

她跑开了，直向家里奔去。片刻之后，我便听到了她弹钢琴的声音。

当我回到客厅里的时候，她正一边弹琴一边无精打采地和凑上前来的阿贝尔聊天，就像是逢场作戏一样。我抛下他们，到花园里寻找了半天才终于找到阿莉莎。

她在果园的深处，正在墙脚下采摘初放的菊花。菊花的清香与山毛榉树的枯叶气味混合在一起，使空气里充满了秋天的气息。温暖的阳光已经偏过墙头，几乎照不到墙下的花草了，但是向东方看去，天空却在夕阳的照射下显得格外纯净。她的头上戴着一顶荷兰女帽，整个面孔差不多全都被这顶大帽子遮掩住了。这顶帽子是阿贝尔到国外旅游时带给她的，她立刻就戴在了头上。当我走近她时，她并没有马上转过身子，但从她那无法抑制的微微颤抖可以看出，她已经听出了我的脚步声。我浑身僵硬，鼓足了勇气准备承受她的责备和她那会使人感到心情沉重的严厉目光。然而，当我已经离她很近、心虚地放慢了脚步的时候，她却没有马上抬头看我，而是像一个赌气的小孩那样低着脑袋，几乎是从背后把抓着满满鲜花的手向我伸去，像是邀请我走过来。我觉得这个动作很好玩儿，不但没有过去，反倒停下了脚步；她终于转过身来，扬着头向我走了几步，这时我才看到她满脸都是微笑。她的目光使我恍然大悟，霎时间觉得一切又都变得那样简单、轻松，于是，我便不加掩饰地告诉她说：

“是你的信把我招回来的。”

“我早就料到了。”她说，接着她又把声调一转，缓和了一下尖刻的谴责，“我就是生这个气。你怎么会曲解我的话呢？多么简单的事情呀……（的确，我已经感到那些悲伤和难处都是我的胡思乱想，根本就不存在。）我早就告诉过你，我们现在这样已经很幸福了；你要我改变主意，我拒绝了，这本来是很自然的事情，你干吗还要大惊小怪的？”

确实，我在她身边感到非常幸福美满，简直是情投意合。我已经没有什么别的奢望，只希望能够看到她的微笑，能够像现在这样和她手拉着手在温馨的花径上漫步。

我突然打消了其他任何奢望，完全沉浸在眼前的无比幸福之中。我一本正经地对她说：“要是你愿意的话，我们就不订婚了。在我收到你那封信的时候，我深知自己是个幸福的人，的确是这样，但我同时也明白自己就要成为一个不幸的人了。啊！把这种我曾经得到过的幸福还给我吧，我不能没有它呀！我是多么地爱你啊，就是等一辈子我也愿意。你也许会中断对我的爱，或者怀疑我的爱情，但是阿莉莎，这些都是我无法忍受的想法。”

“唉！杰罗姆，我不会怀疑的。”

她对我说这句话的时候，声音显得既平静又悲伤；但她的微笑却是那样开朗，那样恬静美丽，简直使我无地自容，我为自己的担心和辩驳感到羞惭。我之所以会在她的说话声中感到有一种悲伤的弦外之音，原因似乎就在这里。我换了个话题，开始谈起自己的计划和学习，谈起这种会给我带来许多好处的新生活。当时的巴黎高等师范学校可不是后来的那个样子，它有一套相当严格的清规戒律，懒懒散散或不服管教的人都会觉得受不了，但这对于那些愿意用功学习的人却很有好处。我告诉阿莉莎，我喜欢这种近乎修道院的生活习惯，因为它可以使我与外界隔绝，其实，我很少受到外界的吸引，不过，只要是阿莉莎担心的，我就应当立刻表示憎恶。阿施布东小姐在巴黎负责看管那所她曾和母亲一起住过的房子，除了她以外，我和阿贝尔在巴黎几乎不认识任何人，因此每个星期日我们都要到她那里待上几个小时。到时候，我会每个星期日都给她写信，让她对我的生活了如指掌。

我们坐在菜园子的篱笆边上谈着。园子里的黄瓜已经收过最后一茬，但篱笆外边偶尔还可以看到它伸出来的粗壮茎蔓。阿莉莎一面听着我说，一面对我问这问那。我还从来没有感到过她这样温静专注，也从来没有感受过她这样迫不及待的热情。她的微笑使我的担心和忧虑烟消云散了，就连最微小的不安也感受不到了，我沉浸在这种亲密无间的美妙之中，就像淡淡的轻云消融在清澈蔚蓝的天空中一样。

我们来到山毛榉树丛中的一张长椅上，不一会儿，朱丽叶和阿贝尔也来了。这时天色已经不早，我们抓紧时间朗读斯温伯恩[①]的《时间的胜利》，大家每人一段，一直读到夜幕降临。

当我们动身回去的时候，阿莉莎拥抱了我，她半开玩笑地对我说："喂！你现在要对我保证今后再也不胡思乱想了……"她说话时的神情就像姐姐对弟弟一样，这也许是因为我做事太莽撞的缘故吧，不过，她也很喜欢以姐姐自居。

我们刚一单独在一起，阿贝尔就问道：

"怎样！你和她订婚了吗？"

"好朋友，不用多此一举了，"我回答他说。为了避免他再提别的问题，我又补充了一句："现在这样是再好不过的，我从来没有像今天晚上这样幸福。"

"我也是，"他突然搂住我的脖子喊道，"我正要告诉你一件令人羡慕的非同寻常的事情！杰罗姆，我爱上了朱丽叶，简直爱得发狂！我去年就有这种预感，但我一直把它藏在心里，在重新见到你的表姐妹之前我什么也不想告诉你。

---

① 斯温伯恩，英国诗人。

现在事成了，我的生活有着落了。

我喜欢，何止是喜欢——我狂热地爱着朱丽叶！[①]

我早就觉得我们俩就像连襟一样，我对你一直怀着这样的情感……”

阿贝尔说着笑着闹着，他一会儿搂住我的脖子，一会儿又像小孩一样在开往巴黎的火车的坐垫上打起滚儿来。听了他的爱情表露，我惊得目瞪口呆，特别是他添枝加叶的渲染，使我感到很不是滋味。那么，怎样才能不让他这样得意呢……

“这么说，你已经向她表示过爱情了？”我终于憋出了这样一句话，可心情却非常矛盾。

“没有！还没有，”他声音很大地说，“我可不想一下子就把这人生中最迷人的篇章马上翻过去。

爱情最美妙的时刻，

---

① 这是阿贝尔为抒发自己的感情而引用的诗，下同。

并不是说出：我爱你……

怎样！你这个一向喜欢慢条斯理的人，总不会责怪我再拖一段时间吧。”

“不过，”我有些恼火地说，“你想过没有，她是……”

“这么说，你没有注意到她看见我的时候是多么慌乱！她始终都是这么兴奋，满脸通红，说起话来滔滔不绝！……当然了，你什么也没有注意到，因为你把整个心思全都放在阿莉莎身上了……她向我提了那么多问题！她在听我讲话时又是那么专心致志！这一年来她变得聪明多了。我真不明白你怎么会认为她不喜欢读书，别以为只有阿莉莎才读书……好朋友，你说奇不奇，她竟知道那么多东西！你猜我们是怎样消磨晚饭前那段时光的？我们一起背诵但丁的一首抒情诗。我们每人背一句，我要是背不下来了，她还能接着背下去呢。你肯定知道这句诗：

Amor che nella mente mi ragiona[①]

① 意大利语，意思是“爱情赋予我理智”。

你可从来没有对我说过她懂意大利语呀。”

“就连我自己也不知道呀，”我也很吃惊地说。

“怎么会！我们刚一开始背那首抒情诗的时候，她就告诉我说这是你教给她的。”

“她一定是在我念给她姐姐时听到的，因为她常常在我们身边不是缝衣服就是绣花。可是她当时要是露出过半点明白的样子，那才活见鬼呢。”

“不错！你和阿莉莎眼里只有你们自己，对别的事情都麻木了。你们完全沉浸在自己的爱情之中，哪里还顾得上看一眼这位心地纯洁、才华初露的姑娘！我并不是要吹嘘自己，但不管怎么说，我来的正是时候……噢，不，不，我并不是责怪你，这你很清楚，”他说着说着又把我搂住，“我只求你向我保证：关于所有这些，你一个字也不要向阿莉莎提起。我打算独自处理自己的事情。朱丽叶对我有意，这是毫无疑问的，否则，我决不敢拖到下次放假。我甚至想在这段时间当中一封信也不给她写，到了新年，你和我要回勒阿弗尔度假，那时……”

“那时怎样……”

“是这样！阿莉莎会突然得知我们订婚了。我要迅速完成此事，然后你猜我要干什么？你不是无法使阿莉莎同意订婚么，我要以我们为榜样迫使她同意。我们要让她相信，如果你们不结婚，我们就不能举行婚礼……”

火车到达巴黎的时候夜已经很深了，于是我们便步行走回学校。一路上，阿贝尔一直在说，就像他要用滔滔不绝的话语把我淹没似的。他陪着我回到了我的房间。我们继续谈着，一直谈到第二天清晨。

阿贝尔满腔热情地设计着现在和将来。他仿佛看到而且已经谈到我们双双举行婚礼时的情景。他想象着、描绘着每个人又惊又喜的表情，完全沉浸在对我们美好生活和友谊的喜悦之中，并为他在我们爱情当中所起的作用感到骄傲。我很难抵抗这种令人心情非常舒畅的热烈情绪，终于感到自己也受到了这种情绪的感染，不知不觉便被他那些异想天开的主意迷住了。我幻想着爱情使我们雄心勃勃，勇气倍增；大学一毕业，我们就请沃蒂埃牧师在我们双双举行的婚礼上祝福，然后，我们四个人就一起去旅行。我们就全力以赴去干大事业，我们的妻子也一定会愿意和我们合作。阿贝尔对教书不太感兴趣，他一向认为自己天生就是当作家的料，因此他很快就会通过几部成功的作品逆转自己无钱的窘境；我这个人最喜欢研究，不太关心可能得到的好处，因此，我想我会潜心研究宗教哲学，而且我还计划写一部宗教哲学史……然而，现在重提那些希望又有什么用呢?

到了第二天，我们两人便埋头到学习当中了。

第四章

时间过得真快，转眼新年就到了。我和阿莉莎的最后一次谈话恍若昨日，使我始终处于兴奋之中，一刻也没有动摇过自己的信心。我信守了自己的诺言，每个星期都给她写一封很长很长的信，至于其他时间，我则远离自己的同学，除了阿贝尔以外，我几乎不和任何人来往。我满脑子想的都是阿莉莎，碰到自己特别喜爱的书，我就在上面写满批注供她参考，希望她能像我一样从中得到乐趣。她的信仍然令人感到担心，虽说她每次给我回信都还比较准时，但我却感到，她之所以热心于和我书来信往，与其说是要磨炼自己的思想，不如说是为了督促我学习。我甚至觉得她在利用我们对图书的欣赏、讨论和评价来掩盖自己的思想，而我却仅仅把这些当作是一种表达思想的方式。我有时还怀疑她是不是在打马虎眼……没关系！反正我已经打定主意决不抱怨了，因此我在信中丝毫也没有露出自己的忧虑。

年根儿快到了，于是我便和阿贝尔一起动身去勒阿弗尔。

我下了火车就直奔普朗提埃姨妈的住处。我到那里的时候她没在家，不过我刚刚在自己的房间里坐定，一个仆人便来通知我说姨妈正在客厅里等着我呢。

见了面，她既没有先问一下我身体怎样，也没有问一问我在巴黎的住所和学习，而是不由自主地受着好心肠的驱使，热衷于打听我和阿莉莎的事：

“你还没有告诉过我呢，孩子，你暑假在封格斯玛尔住得快活吗？你的事情是不是有了一些进展？”

对于姨妈这种不识趣的好心肠，你必须学会忍耐。但是，我很难把她的话听下去，不要说她这样随便对待我们的感情，就是那些最最纯洁、最最温柔的语言我还觉得粗鲁呢。可她说话时的语气是那样朴实、真诚，只有傻瓜才会对她发脾气。不过，我开始时还是顶了她几句：

“您春天的时候不是说您认为订婚太早了点吗？”

“是的，是的，我记得住，开始时是这么说的，”她拉过我的一只手，深情地紧紧握住，“由于你还要学习，还要服兵役，因此你们不可能一两年就结婚，我记得住。另外，我个人也不赞成把订婚以后的时间拖得太久，这会把姑娘拖垮的……但有的时候，这也挺有味儿的……再说，也没有必要把订婚的事搞得人人皆知……订婚只是为了暗示别人不必再追求这些姑娘……这完全看你们合得来合不来了。而且，如果你们谁到了后来又另有所爱了——这是常有的事，”她恰到好处地微笑着说，“你们就可以私下告诉对方……不行，不必劳神了。你知道么，已经有人来向朱丽叶求婚了！今年冬天，她可是个非常引人注目的人物。她还比较小，她在答复人家时也是这么说的，但那个年轻人却表示愿意等她——严格说来，那个人已经不年轻了……不管怎么说，这是一个非常善良、完全靠得住的人，你明天就会见到他，他要来瞧一瞧我的圣诞树。到时候，你可要把你的印象告诉我。”

“姨妈，我担心他会白费劲，恐怕朱丽叶心上已经有别人了。”我忍了又忍，没有马上说出阿贝尔的名字。

“嗯？”姨妈怀疑地把嘴一撇，然后又把头朝旁边一歪，“你的话太令人吃惊了！她怎么从来没有和我说起过？”

我咬着嘴唇，不敢再多说一句。

“唔！早晚会弄明白的……朱丽叶最近不太舒服……我们现在不谈她了……啊！阿莉莎也很可爱……你到底对她表示过了没有？”

我打心眼里就反感“表示”这个字眼，我觉得这个词太粗俗、太不准确，但是尽管如此，被姨妈当面一问，我又不会撒谎，只好含含糊糊地回答说：

“表示过了。”话刚一出口，我便觉得脸上直发烧。

“那么她怎么说？”

我把头低了下来，心里真不想回答。我不得不更加含糊地说：

“她不愿意订婚。”

“很好！这个小丫头还挺懂事的！”姨妈大声说道，“你们有的是时间嘛，当然了……”

“啊！姨妈，我们还是不谈这个吧，”我尽力阻止她说下去，可是没管用。

“而且，我对她这样做并不感到吃惊；我总觉得她比你懂事，你的表姐……”

我当时也不知道是怎么了，也许是这种盘问太刺激人的神经了吧，反正我觉得一下子心都碎了；我把头埋在好心肠的姨妈膝上，哭泣着说：

“姨妈，不是，你不明白。她不让我等她……”

“什么！难道她会拒绝你吗？”她用手将我的头抬起，语调里充满了同情。

“也不是……不是，还不完全如此。”

我悲伤地摇着头。

“你是不是担心她已经不爱你了？”

“啊！不，我担心的不是这个。”

“可怜的孩子，如果你愿意让我明白，你就应该把话挑明才是呀。”

我为自己没有一点男子汉的气概而感到羞耻和懊悔。当然，姨妈也一定估摸不出我担心的理由。不过，如果在阿莉莎的拒绝背后果真隐藏着什么动机，那么，只要姨妈悄悄问她一下，也许就能帮助我查明真相。我正想着，姨妈自己就提出来了：

“听我说，明天阿莉莎会来和我一起布置圣诞树，我很快就会弄清这到底是怎么一回事。然后，我在吃午饭的时候告诉你，到时候你就会明白，其实并没有什么大不了的事情，我敢肯定是这样。”

那天，我是在布科林家里吃的晚饭。朱丽叶果然不舒服，而且已经有好几天了。我觉得她变了，她的目光里有着一种冷淡甚至是冷酷的神情，比起从前，她和姐姐的差别更大了。那天晚上，我没有和她们当中任何一个人单独谈过话，而且，我也丝毫没有这种愿望。再说，当时舅舅也显得比较疲劳，因此我吃过晚饭不久便告辞了。

普朗提埃姨妈制作的圣诞树每年都会招来许多孩子和亲友。圣诞树在正对着楼梯口的门厅里，楼梯的上面先是一个前厅，然后是客厅，再往里便是一个类似花房的大玻璃房间，那些好吃的东西全都放在那里了。一切准备就绪，只有圣诞树还没有装扮好。圣诞节的早晨，也就是我到勒阿弗尔的第二天早晨，正如姨妈所说的那样，阿莉莎一大早儿就来了，她帮着姨妈装扮圣诞树，把彩灯、水果、糖和玩具挂在树枝上。我要是能在她身边干一干这些事情该有多快活呀，可是我必须离开，好让姨妈有机会和她单独说话。我出去的时候她还没有来，我在外面到处游荡，整个上午都是心神不定的样子。

我先是去布科林家，希望能够再见朱丽叶一面。后来我听说阿贝尔已经先我一步去了，于是我便立即退了出来，生怕打断他们至关重要的谈话。我在大街、码头游来荡去，一直到吃午饭的时候才回去。

“你个大傻瓜！”我刚一进门，姨妈就冲我喊了一句，“过日子哪有这么糟蹋自己的！你今天早晨和我扯了那么多，没有一句通情达理的话……唉！我就不转弯抹角了：我看到阿施布东小姐那么卖劲儿帮助我们，就打发她出去散散步。我刚一和阿莉莎单独在一起，就开门见山问她为什么今年夏天没有订婚。你大概以为她会难为情吧？

“没有，她一刻也没有慌乱过，而且她还非常平静地告诉我她不愿意在妹妹之前结婚。你要是开诚布公地问她，她也会像对我一样回答你的。你苦恼了半天，问题就在这里，是不是？看到没有，孩子，没有比坦诚相见更好的了……可怜的阿莉莎还和我谈起了她的父亲，说她不能离开他……啊！我们聊了许多事情。这个小丫头真懂事，她说她还不太相信自己就是和你般配的女人，她担心自己的年龄太大，希望最好能有一个和朱丽叶年龄相仿的人……”

姨妈一个劲儿地说着，可我已经无心继续听下去了，我觉得只有一件事情最重要，这就是阿莉莎不愿意在妹妹之前结婚。——阿贝尔要是在这里该有多好！这个自命不凡的家伙说得还真对：我们各自的婚姻必须连在一起同时解决……

我尽量不动声色，不让姨妈看出如此简单的事情一经说开竟会使我这样兴奋。我只露出一种在她看来是很自然的快活样子，她觉得这是她给我带来的，因此她也很高兴。刚一吃过午饭，我也不知找的是什么借口，便立刻离开她，跑去找阿贝尔了。

“哼！我说什么来着！”我刚一把这件令人高兴的事情

告诉他，他就一把搂住我叫了起来，“好朋友，我现在可以向你宣布，我今天早上和朱丽叶谈过了，我们差不多已经决定了，尽管我们几乎一直在谈你。她显得有些疲劳、烦躁……我担心说的太多会使她兴奋过度，因此没有待多长时间就走了。既然事情是这样，那就定了！好朋友，我太高兴了，浑身轻飘飘的，你可一定要陪着我去布科林家，不然，我要是在半路上飞跑了，就没人拽我了：我觉得自己身轻胜过希腊神话中的欧福里翁……当朱丽叶知道她姐姐不同意和你结婚是因为她，当我立即向她求婚的时候……啊！朋友，我仿佛已经看到父亲今晚会在圣诞树面前流着幸福的眼泪感谢上帝，我们四个未婚夫妇跪倒在地上，他把手放在我们的头顶上，衷心地为我们祝福。阿施布东小姐一定会感慨万分，普朗提埃姨妈也会满襟泪水，而那棵灯火辉煌的圣诞树，就像《圣经》中西奈山上燃烧的荆棘一样赞美着上帝的荣耀。”

圣诞树上的彩灯要到天黑时才点亮，那时树的周围就会聚集许多孩子和亲友。我心急如焚，但又无事可做，便离开阿贝尔，跑到圣阿德莱斯山上消磨时光去了。我在山上迷了路，很久才找回来。当我走进普朗提埃姨妈家里时，庆祝活动已经开始一会儿了。

我刚走进门厅，就看到了阿莉莎。她似乎在等我，一见到我便立刻走了过来。她穿着一件领口呈半圆形的浅色上衣，脖子上挂着一个很小的老式紫晶十字架，那原是母亲的遗物，是我送给她留作纪念的，不过，我还从来没有见她戴过。她面容憔悴，一副愁眉苦脸的样子，真叫人心里难受。

“你怎么这样晚才回来？”她声音急促地说，“我原想和你谈谈的。”

“我在山上迷路了……怎么，你不舒服……啊！阿莉莎，发生了什么事？”

她呆呆地站在我的面前，良久没有说出话来，嘴唇一个劲儿地颤抖。我心里发慌，连问都不敢问她一句。她把手放在我的脖子上，像是要把我的脸凑近些。我看得出她有话要说，可就在这时客人们进来了，她很失望，又把手放了下来……

“没时间了，”她低声埋怨着。可她见我满眼泪水，向她投来疑问的目光，便又解释了一句，好像这种可笑的解释足以使我得到安慰似的：

“不……你放心吧：我只是头有点疼；这些孩子闹得乱哄哄的……我不得不在这里躲一躲……现在我该回到他们身边去了。”

她说罢便突然离开了。门厅里进来许多人，把我们两个分开了。我想到客厅里去找她，可进去一看，发现她已经在大厅的另一头被一群孩子围住了，她正带着他们做游戏呢。我看到在我们之间站着许多熟人，我要是直接过去就不可能不被缠住。这样一来，我就得出于礼节同他们寒暄，可我觉得自己根本就没有这种本事。也许，我可以顺着墙边溜过去……试试看吧。

当我从那间大玻璃房间的门前经过时，忽然觉得有人抓住了自己的胳臂。原来是朱丽叶，她藏在门洞里，用门帘半掩盖自己。

“走，到花房去，”她说得很快，“我有话要对你说。你从旁边出去，我马上就去那里找你。”她说完便把门推开了一条缝，闪身进去了。

出什么事了？我原来还打算再和阿贝尔碰一下头的。他都说了些什么？又做了些什么？我朝着门厅的方向往回走，到了花房一看，朱丽叶已经等在那里了。

她满脸通红，双眉紧蹙，目光中透出一种难言的痛苦。她的眼睛就像发烧一样闪闪发亮，就连说话的声音也好像变得生硬沙哑了。她显得很激动，简直要发疯了。尽管我心中忐忑不安，但一看到她那么美，便不由得惊讶起来，几乎到了不知所措的地步。我们俩身边刚一没有别人，她便马上问我：

“阿莉莎和你谈过了？”

“只说了两句，因为我回来得太晚了。”

“那么你已经知道她想让我先结婚了？”

“是的。”

她死死地盯着我……

“你知道她想让我和谁结婚么？”

我愣愣地站在那里，没有回答。

“是你，”她喊了一声。

“这简直是发疯！”

“可不是！”朱丽叶又失望又得意地说。她挺了挺胸，准确地说是把整个身子向后一退，含含糊糊地补充了一句：

“现在，我知道自己该做什么了。”说着她便拉开花房的门走了出去，然后又狠狠地一摔，把门关在了身后。

我神情恍惚，仿佛天旋地转一般，只觉得浑身的血全都涌到太阳穴上来了。我慌乱极了，脑子里只有一个念头：找到阿贝尔。他也许会告诉我为什么这两姐妹会说出这些离奇古怪的话……但是，我不敢再回客厅里去了，我想那里的每一个人都会看出我心慌意乱的样子。我来到外面。花园里的寒风使我冷静下来了。夜幕已经降临，整个城市都笼罩在海雾之中。光秃秃的树木和灰蒙蒙的大地天空呈现出一幅凄凉的景象……这时房子里响起了歌声，一定是那些聚集在圣诞树周围的孩子们唱的。我走进门厅，看到客厅和前厅的门敞开着，里面已经空荡荡的了，这时我发现姨妈正躲在钢琴后面和朱丽叶说着什么。客人们全都挤到门厅里那棵圣诞树边上去了，孩子们的赞美歌唱完了，房子里一下子变得非常安静。沃蒂埃牧师来到圣诞树前，开始向大家布道了，他从不放过任何机会“播撒良种”。看着五颜六色的灯光和大家的热烈情绪，我的心里很不是滋味，真想再到外面去。我这时才发现阿贝尔正靠在大门上，毫无疑问，他站在那里已经有一会儿了。他正愤愤地盯着我，当我们的目光碰到一起的时候，他耸了一下肩膀。我向他走了过去。

“傻瓜！”他小声嘟哝了一句，然后又突然说，“喂！我们出去走走，这种漂亮话我可是听够了！”我们刚刚来到外面，他就又哼了一句：“傻瓜！”他见我用忧虑的眼光看着他一言不发，便大叫了一声：“她爱的是你，傻瓜！你怎么不告诉我？”

我惊得目瞪口呆，简直不敢相信。

“不，可不是嘛！光靠你自己是无法察觉她爱你的！”

他抓住我的胳臂，疯了一样地摇晃着。他从牙缝里挤出来的声音颤抖得很厉害，有时还发出咝咝的声响。

他迈着大步把我拽来拽去；我一直没有吭声，这时也声音颤抖地说：“阿贝尔，我求求你了，你先不要这样发火，最好同我谈谈究竟发生了什么事情。我可是蒙在鼓里呀。”

突然，他在一盏路灯下停住脚步，死死地盯着我的脸；接着，他又猛地把我往怀里一拉，把头靠在我的肩膀上泣不成声地哭道：

“对不起，我真傻，也是个傻瓜，我和你一样糊涂呀，可怜的朋友。”

他哭过一阵之后显得平静了一些；他抬起头来，又朝前走去：

“发生了什么事吗……现在说它还有什么用？我不是告诉过你，今天早上我和朱丽叶谈过了。她当时显得格外美丽，情绪也格外激动，我还以为这是由于我的缘故呢，谁知这仅仅是因为我们谈到了你。”

“你当时没有察觉……”

“没有，我当时并不十分清楚。可是现在，那些最微小的迹象已经真相大白了……”

“你敢肯定没有搞错？”

“搞错！我的朋友，除非是瞎子，否则，谁都看得出她爱你。”

“那么阿莉莎……”

“阿莉莎要做自我牺牲了。她无意中发现了妹妹的秘密，甘愿把位置让给她。得了，老朋友！这并不难理解，不过……当时我是想再找朱丽叶谈一谈，可是刚讲了几句，准确地说，她刚一理解了我的意思，便从我们当时坐着的那张长沙发上站了起来，嘴里一个劲儿地说‘我有把握’，重复了好几遍，可她说话的语调却像没有任何把握似的……”

“噢！别开玩笑了！”

“为什么？我觉得这件事很滑稽……后来她就冲到姐姐的房间里去了。我听见屋子里传来一阵怒气冲冲的吵声，心里非常不安，真想能再见朱丽叶一面。可是过了一会儿，我却看到阿莉莎戴着帽子走出来了。她见了我显得很尴尬，打了一下招呼就过去了……就是这些。”

“你后来再没有看到朱丽叶？”

阿贝尔犹豫了一下：

“看到了。阿莉莎走后，我就推开房门进去了。朱丽叶一动不动地站在壁炉跟前，胳臂肘支在大理石炉台上，双手托着下巴，目不转睛地从镜子里看着自己。她听到我的声音时没有转身，而是跺着脚喊道：‘啊，让我安静一会儿！’

她的语调是那么生硬，弄得我连别的事情都没敢提就出去了。就是这样。”

“现在呢？”

“现在？现在给你讲完了这些我也受益匪浅……好吧！你今后要尽力安慰朱丽叶，不要挫伤她对你的爱情，因为，如果我没有看错的话，在此之前阿莉莎是不会回来见你的。”

我们默默地走了很久。

“回去吧！”他终于说，“客人们现在都走了，我担心父亲会等我。”

当我们回到屋里的时候，客厅里果然空无一人了，只有前厅里那棵彩灯差不多全都熄灭了的光秃秃的圣诞树旁还有一些人，其中有姨妈和她的两个孩子，舅舅，阿施布东小姐，沃蒂埃牧师，表姐表妹，此外，还有一个相当可笑的家伙。我看见他和姨妈聊了很长时间，直到这时我才认出他就是朱丽叶曾经谈起过的那个求婚者。他的身材比我们任何人都高大、壮实，脸色也比我们红润，但是他的头发已经有些秃了；他来自另外一个阶层、另外一个环境和另外一个家族，因此他在我们中间显得有些陌生。他揪着一撮花白的胡子，神经质地捻来捻去。门厅里的灯已经熄灭了，但大门却敞开着，因此在我们两人悄悄进来的时候，没有被任何人发现。我产生了一种可怕的预感，紧张得都要透不过气来了。就在这时，阿贝尔抓住我的胳臂叫了一声："别动！"

我们看到那个陌生人向朱丽叶走去。他握了握她的手，朱丽叶任凭他握着丝毫也没有反抗，只是没有转过头来看他。我的心顿时凉了半截……

"阿贝尔，这是怎么回事？"我低声问道，就像我还没有理解或者希望自己理解错了似的。

"这还用说！妹妹要和姐姐比个高低，她可不愿居于人后。我敢肯定，天使们正在天上欢呼鼓掌呢！"

朱丽叶站在阿施布东小姐和姨妈的中间，舅舅走过去拥抱了一下她，沃蒂埃牧师也跟着走了过去……我向前冲了一步被阿莉莎看到了，她赶紧跑了过来，哆哆嗦嗦地说：

"杰罗姆，不能这样呀。她并不爱他！她今天早上还对我说过呢。你一定要阻止她，杰罗姆！啊！她将来可怎么办哪……”

她趴在我肩膀上绝望地哀求着，我真想豁出命去不让她着急。

突然，圣诞树那边传来一声叫喊，接着就是一阵乱七八糟的响动……我们跑过去一看，原来是朱丽叶昏倒在姨妈的怀里了。大家赶紧围了过来，几乎挡住了我的视线。她散乱的头发向后垂去，像是要把她那张惨白的脸拉向后面似的。从她惊悸抽搐的躯体来看，这不像是一般昏迷。

“没事！没事！”姨妈大声叫着，她是想让吓呆了的舅舅放心，其实，沃蒂埃牧师已经手指上仓在一旁安慰他了。“没事！这没什么，她太激动了，只是情绪有些紧张。泰西埃先生，你有劲儿，帮我一把。我们把她抬到我的房间里去，放在我的床上……我的床上……”然后，她又凑到她的大儿子耳边说了一句什么，我看见他马上就出去了，一定是请医生去了。

姨妈和那个求婚者用肩膀搭着半仰在他们怀里的朱丽叶向楼上走去。阿莉莎抬起妹妹的脚温柔地抱在怀里，阿贝尔则托着朱丽叶向后仰去的脑袋——我看见他把那些散乱的头发重新拢在了一起，然后弯下身子一个劲儿地吻。

到了房间门口，我停下脚步没有进去。大家把朱丽叶平放在床上，然后，阿莉莎对泰西埃先生和阿贝尔说了些什么，便把他们送到门口来了。她求我们让朱丽叶安静一下，她想独自和普朗提埃姨妈照看妹妹……

阿贝尔抓着我的胳臂把我拽到了外面。夜已经很深了，我们漫无目的地走了很久，两个人都没了勇气和主意。

第五章

我觉得，生活中要是没了爱情就失去了任何意义，爱情就是我的命根子。我无所期望，也不想有任何期望，只希望能够得到阿莉莎的爱。

第二天，我正准备去看她就被姨妈拦住了。她交给我一封信，说是她刚刚收到的：

……朱丽叶按照医嘱吃过药之后直到清晨才安静下来。我恳求杰罗姆这几天不要来，因为朱丽叶会听出他的脚步声或说话声，而她必须非常安静才行。

朱丽叶病成这样，我恐怕一时是脱不开身了。如果在他动身前我不能见他，那么就请你告诉他，亲爱的姨妈，我会给他写信的……

这道禁令完全是冲我来的。无论是姨妈还是别的什么人，大家都可以自由出入布科林家，姨妈甚至当天上午就准备过去。我会弄出声音来？多么拙劣的借口……算啦！我心想："不去就不去，更好。"

我为不能马上见到阿莉莎而感到非常难过，但是一想到和她重新见面时的情景，我又有些害怕，怕她把我当成致使朱丽叶犯病的罪魁。因此我想，与其去看她发脾气，倒不如不去见她更容易忍受一些。

不过，我至少还是应该去看一看阿贝尔。

我刚刚走到他家门口，一个女用人便交给了我这样一张纸条：

> 我怕你着急，遂留下这张条子。住在勒阿弗尔离朱丽叶太近了，我实在受不了。昨天晚上刚一和你分手，我便乘船到南安普敦[①]来了。我准备去伦敦 S 君家……

---

① 英国海港城市，与法国的勒阿弗尔隔海相望。

在那里度完假期。我们到学校再见。

一时间，我失去了所有人的援助。我也不想继续住下去了，因为除了痛苦，我不会得到任何东西。于是，我便回到巴黎，提前返校了。

我把眼光转向了上帝，据说他“可以使人得到一切真正的安慰、一切恩泽和一切十全十美的礼物”。我向他倾诉自己的痛苦，暗想着阿莉莎也一定会躲到他的怀抱里。一想到她也在向上帝祈祷，我的精神便为之一振，自己祈祷时也更有热情了。

我有很长一段时间都是在默默祈祷和埋头学习当中度过的，其间除了我和阿莉莎之间的通信之外，没有发生什么别的事情。我保留着她的全部信件，今后我要是有什么地方记不清了，就用这些信件来理出头绪……

要说开始的时候，我还是从姨妈那里得到勒阿弗尔的消息的，而且当时只有她给我写信。我得知朱丽叶最初几天病得很厉害，使大家焦虑不安。在我离开勒阿弗尔两个星期以后，我终于收到了阿莉莎的这封信：

亲爱的杰罗姆，如果我的信来晚了，就请你原谅吧。我们可怜的朱丽叶病成这副样子，使我几乎没有时间写信。自从你走后，我差不多就没有离开过她。我曾经请姨妈把我们这里的情况告诉你，我想她会照办的。朱丽叶这几天好多了，你可能早已知道。我已经向上帝谢过恩了，但是还不敢太乐观。

直到现在，我还没怎么提到过罗伯尔呢。他是在我之后没几天回到巴黎的，因此他也常常告诉我一些关于他两位姐姐的消息。由于她们的缘故，我对罗伯尔更加关心了，要是由着我的性子，我当然不会这样殷勤。他上的是农业专科学校，每当他们学校放假，我都去照料他，并想方设法逗他高兴。

有些事情我不敢去问阿莉莎和姨妈，我却可以从罗伯尔那里了解到：自从我走了之后，爱德华·泰西埃常常来打听朱丽叶的情况，而且来得非常勤。但是，直到罗伯尔离开勒阿弗尔的时候，朱丽叶还没有见过他一次面。我还听说，自我走后，朱丽叶一直不和姐姐说话，谁也无法劝她开口。

过了不久，我又从姨妈那里得知阿莉莎希望立即解除朱丽叶的婚约，对此我早有预感，可是朱丽叶本人却要求尽快给她举行正式订婚仪式。她决心已定，谁劝也没有用，你就是命令她、哀求她也无济于事。她整天板着脸一言不发，仿佛要一摸黑走到底似的……

时间一点一点地过去了。我从阿莉莎那里只收到过一些令人非常失望的信，真叫我不知道该如何给她回信。圣诞节的浓重阴影一直笼罩在我的心头，尽管我常常挑灯苦读，并始终沉浸在对爱情和信仰的狂热追求之中，我却无法用彻夜灯光驱散心头的阴影，也无法用热烈的感情温暖一颗寒冷的心。唉！时间一点一点地过去了。

春天来到了。一天早上，我突然收到姨妈转来的一封信，那是阿莉莎写给她的，当时她不在勒阿弗尔。我把其中有助于说明情况的部分抄下来了：

……我很听话，按照你的劝告见过泰西埃先生了，并且和他谈了很长时间。我承认，这个人十分不错，坦白地说，我后来差不多认为这门亲事并不会像我开始担心的那样凶多吉少。当然了，朱丽叶并不爱他，但和他接触了几个星期之后，我觉得他还是挺值得爱的。他在谈到目前这种局面时头脑非常清醒，而且他对妹妹的脾气也了如指掌。他信心十足，深信自己的爱能够使妹妹回心转意，他夸耀说，还没有什么不能被他的耐心征服的呢。跟你说吧，他简直迷上了朱丽叶。

看到杰罗姆那么关心弟弟，我确实感动极了。我想，他是出于责任才这样做的，因为他们两人的性格太不一样了，当然，这也可能是为了让我高兴。但他毕竟已经看到，肩上的担子越重，就越应该陶冶心灵。这是多么高尚的思想啊！别太笑话你的大侄女，因为这也是我的想法，正是靠了它的帮助，我才把朱丽叶的婚姻看作是一件好事的。

亲爱的姨妈，你太体贴我了，叫人心里热乎乎的！……不过，你可不要以为我是个不幸的女人，我几乎可以说：恰恰相反，我很幸运。——因为朱丽叶刚刚经历过的那场考验也波及到了我的身上。我过去常常背诵《圣经》中的一句话："相信人是不幸的。"那时并不太理解，可现在我却突然明白了这句话的含义。说起来，我最早并不是在自己那本《圣经》中看到这句话的，而是在杰罗姆寄给我的一张圣诞卡上读到的，当时他还不到十二岁，而我也只是刚满十四岁。这张圣诞卡上画着一束非常美丽的鲜花，花的旁边有一首高乃依的释义诗：

究竟是什么感天动地的魅力
如今使我飞向了上帝？
要说人有什么不幸
那就是他太相信自己！

不过，我还是更喜欢耶利米[①]那句言简意赅的话。

① 耶利米（前627—前587），犹太人先知。他在《圣经·耶利米书》中说，人依靠上帝，就会像扎根在河边的树木一样，时刻得到雨露的滋润；反之，人如果只依靠自己不信上帝，就会像沙漠中孤零零的树木一样，永远也得不到浇灌。

当然了，杰罗姆在选这张圣诞卡的时候并没有特别注意这句话。但从他最近的来信可以断定，他现在的态度和我非常相像。我每天都在向上帝谢恩，因为是他使我们两个人同时来到他的身旁的。

我一直记着咱俩的那次谈话，为了不打搅他学习，我再也没有像过去那样给他写长信。好了，不说他了，不然你一定会以为我在借机捞回损失。我真怕自己会没完没了地写下去，还是现在就住笔吧，但愿你这次不会对我有太多的埋怨。

这封信都说了些什么呀！我怨恨姨妈太不知趣，竟然在我们中间插一杠子（在阿莉莎提到的那次谈话中，她们俩都说了些什么呢？要是没有这次谈话，阿莉莎怎么会对我保持沉默）。虽然姨妈是出于好心才把这些事情转告给我的，但她这样做也太愚蠢了。噢！如果说阿莉莎的沉默不语就已经够我受的了，那么最好的办法就是千万不要让我知道，她有话不和我说却写信讲给别人！我仿佛看到她正在和姨妈讲述我们之间那些小小的秘密，语调是那么轻松、自然，神情是那么平静、庄重、活泼，使我不由得气不打一处来……

“别这样，可怜的朋友！这封信没有什么值得生气的，要知道这并不是写给你的呀。”阿贝尔一个劲儿地劝我。他是我形影不离的伙伴，我有话只能向他倾吐。虽然我们性情各异，应该说这是我们之间的最大差别，但每当我感到孤独时，我都会因为软弱、需要同情或没有自信心而去找他，相信他会拿出好主意，使我摆脱困境……

“让我们一起研究一下这封信吧，”他一边说一边把信摊在了桌子上。我已经在恼怒中度过四天三夜了！现在朋友要帮我分析，我当然要听一听了：

“关于朱丽叶和泰西埃这一部分，我们先不去管它，就算他们的爱情像火一样热烈，不是吗？不过，我们都知道火焰会带来什么后果。真的！我觉得泰西埃很像一只扑火的飞蛾……”

“别说这个了，”我对他的玩笑颇为不满，“还是说说其他的吧。”

“其他的？”他反问了一句，“其他的全都和你有关。光是抱怨有什么用！你把这封信的一字一句全都记在脑子里了。可以说，这封信完全是写给你看的，菲莉希·普朗提埃姨妈把它寄给你，不过是把它转给真正的收信人罢了。既然阿莉莎不愿意直接给你写信，她就只好采用权宜之计，把信寄给这位正直的女人。你姨妈能看懂高乃依的诗吗？——顺便说一下，那是拉辛的诗——我的意思是，她是在和你谈心，这一切都是说给你听的。你表姐要是半个月不给你写这样一封轻松、愉快的长信，你早就傻眼了……”

“可她并没有说什么正经事！”

“这全取决于你了！你到底还要不要我出主意？那么好，请你不要再插话了。从今以后……很长一段时间，你不要和她谈你们的爱情，更不要谈结婚的事。难道你没有看见，自从她妹妹遇到那件事之后，她心里一直很懊悔？你嘛就在手足之情上做些文章，不厌其烦地和她谈罗伯尔——对付这个傻瓜你还是有耐性的。你要继续和她高谈阔论，让她精神上感到满足，至于其他事情，自己会跟着找上门来的。啊！我要能给她写信就好了！……”

“你可没有资格爱她。”

不过，我还是照阿贝尔的主意办了。果然，没过多久阿莉莎的信就开始有生气了。但是要说她打心眼儿里高兴，愿意畅所欲言，那还只是奢望，除非局面有所改善或者朱丽叶的幸福有了保证。

我从阿莉莎那里得知朱丽叶的情况正逐渐好转，还听说她的婚礼将在七月份举行。阿莉莎在信中说，她深信届时我和阿贝尔都会因为学习繁重而脱不开身……我明白她的意思，她认为我们最好还是不要去参加朱丽叶的婚礼。于是，我们便以考试为由没有去，只是寄了一封信表达我们的美好祝愿。

大约是朱丽叶结婚已经半个来月的时候，阿莉莎给我写了这样一封信：

亲爱的杰罗姆：

昨天我偶尔翻了翻你送给我的那本漂亮的拉辛诗集，我简直惊呆了，一下子就翻到了你过去那张小小的圣诞卡上的四句诗：

究竟是什么感天动地的魅力

如今使我飞向了上帝？

要说人有什么不幸

那就是他太相信自己！

我一直把那张圣诞卡夹在自己的《圣经》里保存着，都快有十年了。我原来还以为这四句诗是从高乃依的哪首释义诗中摘出来的呢，不过坦率地说，我觉得这几句诗写得不怎么好。可是当我接着读他的第四首感恩诗的时候，一下子就被其中几段非常美妙的诗句迷住了。我无法克制内心的激动，连忙把它们抄下来寄给你。当然了，你肯定早就读过这些诗，因为书页的空白处有许多你随手写下的字母。①可这又有什么关系！反正我自己乐意。起初，我还以为自己发现了什么新东西呢，可是一看，这些其实都是你建议我读的，心里还真有些懊恼。后来转念一想，我们两个人的爱好竟如此相同，心里又觉得非常高兴，打消了原来那种可耻的想

① 的确，我常常在我们俩的书上到处乱写她名字的第一个字母，凡是我喜欢的段落我都用这个字母作上标记，希望她也读一读。——原注

法。我一边抄一边读，就好像你在我的身旁似的：

永恒的智慧发出话语，
给我们以振聋发聩的启迪：
“人类的子孙啊你们听着，
光靠你们自己能有什么出息？
你们以满腔热血为代价，
换来的却不是可以果腹的圣饼，
而是和影子一样虚无缥缈的东西，
使自己处于比以前还要饥饿的境地。
你们总是这样违背天意，
究竟是误入歧途还是灵魂空虚？

我所说的圣饼，
只有天使才能享用：
它是用雪白雪白的面粉，
由上帝亲手制成。
这种圣饼是那样香甜味美，

尘世的餐桌上根本就没有它的踪影。
只要你们愿意跟着我走，
我就会把它送到你们手中。
过来吧，难道你们不希望永生？
拿去吧，品尝吧，你们会得到永生。”

……………………………………………………

皈依上帝是莫大的荣幸，
他的约束会使人心神安定。
渴了能喝到清亮的泉水，
水源丰沛，永流不停。
每个人都可以在这泓碧波中畅饮，
它也翻腾着浪花把世人邀请。
然而我们却像疯了一样走上邪道，
竟然要饮鸩止渴，
甚至幻想着在泥泞和魔沼中打井。
要知道，
这样的污泥浊水随时都会消失得无影无踪。

太美了！杰罗姆，太美了！说真的，你也和我一样觉得它非常美，是吧？我的这个版本上有一个小注，说当年曼特侬夫人听着奥玛尔小姐咏唱这首感恩诗的时候，显出一副非常赞赏的神情，她“流着眼泪”，让奥玛尔小姐把其中的一段又念了一遍。我现在已经把这首诗牢牢记在心里了，就是再背上千遍万遍也不会感到厌烦。我唯一伤心的就是不能亲耳听你朗读。

我们那两位旅行结婚的人情况越来越好。上封信曾经告诉过你，朱丽叶在巴荣讷和比阿里茨[1]玩得非常痛快，尽管那边热得很厉害。后来，他们游览了封塔拉比亚，还到过布尔戈斯，并且两次穿越比利牛斯山……他们目前在蒙塞拉，朱丽叶从那里写来一封热情洋溢的信，说他们还打算到巴塞罗那[2]玩十天，然后便返回尼姆，因为爱德华希望在九月以前回到那里，以便把收获葡萄的事情安排一下。

---

① 皆为法国西南沿海城市。它们面临比斯开湾，南望比利牛斯山脉，是风景优美的旅游胜地。
② 均为西班牙北部城市。

自上个星期以来，我和父亲就搬到封格斯玛尔去住了，阿施布东小姐大概明天就来，再过四天，罗伯尔也会来的。你知道这孩子弄得连考试都不想参加了，这倒不是因为试题太难，而是因为主考老师总是提一些非常古怪的问题，把他弄得晕头转向。我不相信罗伯尔没有准备好，你在信中也谈到他学习很勤奋，由此看来，这位主考老师是要拿学生取乐，故意刁难他们。

对于你的成就，亲爱的朋友，我不想有什么赞誉，因为我觉得这些都是理所当然的。我对你信心十足，杰罗姆！每当我想到你的时候，心里就充满了希望。你上次谈到的那件事情现在着手做了吗？……

……我们这里没有任何变化，花园依然如故，只是房子显得空荡荡的！我求你今年不要回来，你会理解其中原因的，是吧？我觉得这样要好一些。我每天都在告诫自己，因为这么长时间看不到你，我心里也不好受……有的时候，我会合起书本，突然转过头来，不由自主地寻找你……我总觉得你就在身边！

让我接着把信写完吧。现在天已经黑了，大家都睡觉了，而我却仍在敞开的窗前给你写信，迟迟没有去睡。花园里空气温馨，到处散发着浓郁的花香。还记得吧，在我们童年的时候，每当我们看到或听到什么非常美妙的东西，我们总是在想：上帝啊，感谢您创造了这一切……今宵今夜，我的整个灵魂全都充满了这样的想法：上帝啊，感谢您创造了这么美好的夜晚！我忽然产生了一个念头，希望你也能够在这里；我确实觉得你就在我的身旁，这种感受是那样强烈，你将来也许会体会到的。

对了，你曾经在信中说过这样的话："得大独厚的人"之所以互相仰慕，是因为他们一见如故。……我还有多少事情要对你说呀！——我由朱丽叶说的那个阳光明媚的地方，想到了其他一些更加辽阔、更加空旷，阳光更加明媚的地方。我有一个奇怪的信念，总有一天我们会不知不觉地来到一起，而我们的眼前，则会是一个广阔无垠的神秘世界……

您一定很容易就能想象出我在读这封信时是多么喜悦，

也不难猜出我流下了多少爱情的眼泪。后来，我又接连收到了其他许多信件。是的，阿莉莎对我没有去封格斯玛尔表示了感谢，当然了，是她恳求我今年不要回去的。不过，她对我不在身边也感到非常懊悔，恨不得马上就和我在一起。从她一封封来信中，我仿佛听到了这同一种呼唤。然而，我还是克制住了自己的感情，没有贸然去封格斯玛尔。您问我哪来的这股力量吗？这当然和阿贝尔的出谋划策有关，另外，我自己也担心这件人生乐事会毁于一旦，更何况我天生就是个铁石心肠的人。

为了便于叙述起见，我打算将后来的几封信摘录如下：

亲爱的杰罗姆：

读到你的信真叫人高兴。我正要回复你从奥维托写来的那封信，又同时收到了你写自佩鲁贾和阿西西的两封信[①]。我仿佛只把躯体留在了这里，而思绪则早就同你一起神游去了。真的，我们俩走在翁布里亚[②]幽静的

① 均为意大利地名，曾经是罗马时期的历史名城。
② 意大利古地名，在今佩鲁贾一带。

小路上；清晨，当我们一起出发的时候，我觉得眼前的曙光也焕然一新了……你站在科尔多纳[①]的作品下面呼唤着我的名字，真是这样吧？反正我听到了你的声音……我们在耸立在阿西西边上的大山里感到渴极了，幸亏有方济各教会[②]的僧侣给我们水喝，我觉得那杯水是那样甜美！啊，我的朋友！你就像一面镜子，使我看到了那边的一切。我非常喜欢你对圣徒方济各的那段描绘，是的，我们需要的是振奋思想，而不是胡思乱想，因为胡思乱想会使人目空一切，变得非常丑恶。人不应该有反抗上帝的野心，而应该立志终身侍奉他……

尼姆方面的消息一直很好，让人心里非常高兴，我觉得这都是上帝的安排。今年夏天唯一一件让人心情沉重的事情，就是我可怜的父亲病了。虽然我一直在照顾他，可他的心情却很忧郁，每当我让他一个人待着的时候，他总是很悲伤，而且难以自拔。花园里草木繁盛，一派生机，可他一点也不感兴趣，甚至连看都不想看一

---

① 科尔多纳，意大利画家、建筑师，其作品以宗教题材为主。
② 方济各教会，天主教的一支，由意大利圣徒方济各创立。

眼。——阿施布东小姐还好。我把你的信念给他们两人听了；每收到你一封信，我们就会有三天的话题可谈，然后，我们又会收到新的来信……

……罗伯尔是前天离开我们的，他要到他的朋友R君那里度完暑假，那个人的父亲管理着一个模范农场。确实，我们这里的生活对于他来讲太沉闷了，因此，当他提出要走的时候，我对他的想法只能表示支持……

* * *

……我要和你说的事情太多了，真希望能够没完没了地谈下去！我有时会突然觉得无话可说，思路模糊不清，——我今晚给你写信的时候就像做梦似的——我感到自己很激动，简直都要喘不过气来了，因为我要给予和得到的东西是那样多，那样多……

* * *

你问我们这么多月没有给你写信都干了些什么吗？我们当然是在过冬。啊！但愿这种无声无息的可怕冬天永远结束了！从你上次回来之后，我觉得生活、思想和灵魂充实多了，一切都显得那么美好，那么可爱，那么饶有趣味……

*　*　*

九月十二日

你从比萨寄来的信收到了。我们这里的天气也非常晴朗，我觉得诺曼底还从来没有像现在这样美丽过。前天，我一个人到田野里去散步，漫无目的地走了很长时间。回来时我不仅不觉得累，而且还觉得意犹未尽，完全陶醉在阳光和欢乐之中了。那一堆堆金黄色的谷草在烈日的照耀下显得那么美丽！我简直无需去意大利就能想象出那边的一切都是那么美好。

你说得对，朋友，当我倾听着大自然的“交响乐”时，我忽然明白了这就是对欢乐的赞美。我置于鸟语花香之中，沉浸在欢乐的气氛里，只觉得唯有爱才能表达出对上帝的虔诚。我心中充满了爱，却又不知如何表达，只好一个劲儿地重复圣徒方济各的话：上帝啊上帝，e non altro! ①

别担心，我不会变成无知无识的教徒的！前些天下

① 意大利语：“并非别人！”

了几场雨，我借此机会读了许多书，简直到了爱不释手的地步……我刚一读完马勒勃朗士[①]的作品，就立刻拿起了莱布尼茨[②]的《致克拉克书简》。休息之余，我还读了雪莱的《钦契一家》，没意思透了。《多愁善感的女人》也读过了……说起来你可能会生气，我觉得雪莱和拜伦的全部作品还不如我们去年夏天读过的那四首济慈的颂诗[③]，同样，我也觉得雨果的诗不如波德莱尔的那几首十四行诗。人常说大诗人大诗人的，其实这个词没有任何意义，最重要的是成为一个纯诗人……啊，我的弟弟！谢谢你了，因为是你使我了解、懂得和喜爱这一切的。

……不，你可千万不要为了我们重逢时的一时欢乐而缩短自己的旅程。说真的，我们现在还不能见面。请相信我：你要是在我身边，我就不会这样思念你了。我并不想使你痛苦，可是我仍然不希望——现在——看

① 马勒勃朗士，法国哲学家、神学家。
② 莱布尼茨，德国自然科学家、哲学家。
③ 济慈，英国诗人。这里所说的四首颂诗当指他的《夜莺》《希腊古瓮》《哀感》和《心灵》。

到你。坦白地说，只要我知道你今晚会来……我立刻就会躲起来的。

啊！还是不要问我为什么会有这种……感情吧，求求你了。我只知道我一直在思念着你(这下你该高兴了吧)，而且我也高兴这样。

……………………………………………

这就是最后一封信。我从意大利回来后不久，便应征入伍到南锡[①]服兵役去了。我在那里总是无精打采的样子，不过，我觉得一个人生活也挺不错，因为无论是阿莉莎还是我这个性情高傲的情人，我们都越来越清楚地看到，我只有在她的书信中才能得到慰藉，正如龙萨[②]所说的那样，她的思念是“我唯一的归宿”。

说实话，我觉得兵营中那种相当严厉的纪律并不难以忍受，我意志坚强，经得住任何考验，就是给阿莉莎写信，我也从不抱怨，只是为她不在身边感到遗憾。我们甚

① 法国东部城市，在洛林地区。
② 龙萨，法国诗人。

至把长期分离看作是一次对我们各自勇气理所应当的考验。阿莉莎曾经在信中说：“你从不抱怨；我很难想象你会一蹶不振……”可是，我还要经受多少考验才能证明她的话是对的呢？

从我们最后一次见面到现在，差不多过去一年了。可她好像从来也没有想过这些，似乎等待刚刚才开始。我急了，写信给她表示不满，可她却在回信中说：

……想当初你去意大利的时候，难道我没有和你在一起吗？真是个忘恩负义的人！我没有一天离开过你。要知道，在目前这段时间里我不可能跟你去，就是这样，我所说的分离指的也是这个。说真的，我总想把你当个军人来看待……可我做不到。你在我的眼里最多是个白面书生，一到了晚上便躲到冈贝塔大街的那间小屋里写信、读信，甚至还……不是吗？的确，我只有在一年以后才能在封格斯玛尔或勒阿弗尔和你相见。

是的，一年！我从不数已经过去了多少日子，我把希望全都寄托在将来相会的那一天上了，这一天越来越近了，只不过非常缓慢，非常缓慢。还记得吧，花园的尽头有一段矮墙，墙下种着菊花，我们曾经冒险爬到上面去玩。你和朱丽叶的胆子真大，走在上面就像穆斯林教徒直奔天堂一样坚定。可我刚一迈步就觉得头晕目眩，一动也不敢动。你在下面冲我喊道："别往脚下看！……看前面！一直往前走！盯住目标！"后来，你爬到墙的另一头等我——这比你的话还管用呢——我的腿再也不打哆嗦了，头也不晕了：我什么也不看，两眼紧紧地盯着你，一直跑到你敞开的怀抱里……

杰罗姆，要是没有对你的信任，我会是个什么样子呢？我需要你给我力量，需要你给我支持，你可不能垮下来啊。

新年快要到了。我们装出一副无所谓的样子故意把相见的日子往后拖，当然，这也是害怕见面后会凡事不能尽如人意。我们商定我不回勒阿弗尔了，而是去巴黎阿施布东小姐那里度几天假……

我曾经对您说过：我并没有把全部信件都抄下来。下面这封信是我在二月中旬收到的：

前天，我从巴黎大街[①]经过，看到M君开的书店橱窗里横七竖八地摆着阿贝尔的书，尽管你曾经告诉过我他写了一本书，但我还是难以相信这是真的。我不由自主地走了进去，可是一看到书名就觉得非常可笑，犹豫了半天也没有敢让店员去取。我甚至想过，离开书店的时候随便买一本别的书就得了。幸亏柜台旁边有一小摞他写的《狎昵》等着顾客选购，我放下一百个苏，拿起一本就走，一句话也不想说。

我打心眼里感谢阿贝尔没有给我寄书来！因为我一看到它就感到耻辱。这倒不是因为这部书的内容本身——虽然书中有许多下流语言，但更多的却是连篇蠢话——而是因为我想到这本书是阿贝尔·沃蒂埃写的，而他却是你的朋友。《时代报》的评论家说他“才华横

---

① 这里说的巴黎大街是一条以巴黎命名的街道，就像我国许多城市都有北京路一样。

溢”，可是我翻遍全书也没有发现。在我们勒阿弗尔这个小地方，经常可以听到人们谈论阿贝尔，据我所知，这本书引起了很大轰动。不过，我也听到人们说他“轻薄”、“附庸风雅”，说他无聊，简直不可救药。当然，我的态度一直比较谨慎，也只是和你才谈一谈自己的读后感。可怜的沃蒂埃牧师开始时确实很痛心，可是到了后来他自己也被身边的人说糊涂了，也弄不清是不是应该引以为豪。昨天，在普朗提埃姨妈家里，V夫人忽然对他说：“您应当为儿子的辉煌成就感到高兴才是呀，牧师先生！”他含含糊糊地回答：“天哪，我还不太明白……”“您会明白的！会明白的！”姨妈在一旁说。当然，她并没有什么恶意，可她的语调是那样带有煽动性，使现场的人都笑了，就连沃蒂埃牧师也笑了。

据报纸上说，阿贝尔正在写一部名字叫做《新阿贝拉尔》的剧本，准备拿到哪个街头剧场去演。真不知道这会是个什么东西！……可怜的阿贝尔！难道他所希望的成功就是这个吗！难道他对此真的感到满意吗！

我昨天读《心灵的慰藉》[1]时看到这样一段话："大凡荣耀，或天长地久，或昙花一现，真心求道者，岂能为虚荣误正果？偏安富贵，苟且荣华，其心所恋，绝非天上荣耀。"我暗想：谢天谢地，只有杰罗姆这个天之骄子才能当此荣耀，相比之下，荣华富贵又算得了什么。

我整天忙忙碌碌，不知不觉好几个月就过去了。可是每当我回忆起过去或想到将来，我又觉得时间过得太慢了，仿佛一分一秒都是那么漫长。

舅舅和阿莉莎原打算六月份去尼姆郊区看一看朱丽叶，她要生小孩了。由于那边来的消息有些不妙，因此他们很快就启程了。过了好长时间我才收到阿莉莎的信：

你寄往勒阿弗尔最后那封信到的时候，我们刚刚离开那里。因此，信转到我手里已经是八天以后的事情

① 《心灵的慰藉》，即后面所说的《论模仿基督》的一部分。这段引文为古法语。

了，真叫人哭笑不得。整整一个星期，我像没了魂儿似的，又是害怕，又是猜疑，简直成了废人。啊，我的好弟弟！我都认不出自己来了，我觉得只有和你在一起我才是个真正的人……

朱丽叶的身体状况已经有所好转。她分娩时我们随时都在，你不用担心。她知道我今天上午要给你写信。我们到达埃格—维沃的第二天她就问我："杰罗姆怎样了？……他经常给你写信吗？……"我不会撒谎，便照实说了。"你要是给他写信，就告诉他……"她迟疑了一下，然后便带着一种非常甜蜜的微笑说："……我好了。"她在给我写信时也总是这样快活，不过我还是有些担心，生怕她是强装笑脸，好让我觉得她很幸福，而实际上她并不幸福……她现在所说的幸福和她过去的幻想已经完全不同了，看来只有她幻想中的幸福才是她的归宿！……啊！人们所说的幸福要是一种心心相印的东西该有多好，至于身外之物，那只是幸福的表面，但愿人们不要太看重它！

我常常一个人在附近的灌木丛中散步，每次散步都有许多感想，我今天就不谈它们了。最使我惊奇的是，按说朱丽叶的幸福应该使我心满意足了，可我在这里却一点也高兴不起来……为什么我会无缘无故地伤感，而且就连我自己也控制不住？此地风景优美，这一点我还是能感觉到的，至少我亲眼所见是这样，可是不知为什么，一看到这些优美的风景，我就更加感到悲伤了……想当初你从意大利写信来的时候，我可以透过你看到那边的一切；可眼下，由于你不在身边，我仿佛对什么东西都视而不见了，简直不知道该对你说些什么。要是在封格斯玛尔和勒阿弗尔，我倒是有办法对付连阴雨，可是在这里，这种办法却不灵验了，实在令人心焦。我讨厌此地人的那种说笑法；我所说的悲伤也许还不够他们起哄的呢……我过去一定是个孤芳自赏的人，因为我现在生活在这些陌生的笑脸当中感到很委屈。

我刚到这里就向上帝祈祷了：我有一种幼稚的感觉，好像上帝不在原来的位置上了。这封信很快就要结束了，再见吧。我为自己冒犯了上帝感到羞愧，我太软弱、太伤感了，而且竟然把这一切全都告诉了你，这真叫我无地自容。如果今晚邮差不来取信，说不定我明天会把它撕掉的……

她第二封信谈的都是她那个刚刚出生的小外甥女。她后来成了这个孩子的教母，这事对朱丽叶和我舅舅来说无疑是一件快事……可她自己却早已没有这种心情了。

不久，阿莉莎便又回到封格斯玛尔，朱丽叶也于七月份到那里去了。一天，我收到阿莉莎的一封信：

爱德华和朱丽叶是今天上午离去的。我最遗憾的是我的教女也走了。她那些别出心裁的举动里包藏着那么多含义，没有一样能够逃过我的眼睛。可是半年以后我再见到她时，也许就分辨不出她的一举一动都是什么意思了。孩子的成长总是那么神秘、那么令人惊奇！我们平常之所以没有这种惊奇的感觉，完全是因为我们没有留心注意。我守在这个充满希望的摇篮边，浮想联翩，也不知过去了多少个时辰。我心想，人从小到大本该迅速成长的，可究竟是什么原因使他们变得自私、自满和不求上进的呢？按说他们离上帝还很遥远，可他们为什么会停步不前了呢？啊！如果我们愿意并且能够使自己离上帝更近一点……这种争先恐后的场面该有多美呀！

看来朱丽叶还是挺高兴的。不过我心里却非常难过，因为她不再弹琴也不再读书了。爱德华·泰西埃不喜欢音乐，对读书也没有多大兴趣。朱丽叶是个通情达理的人，她一定是怕冷落了丈夫才放弃自己的乐趣的。相反，她对他的买卖倒是挺感兴趣，他也愿意把买卖的进展情况全都告诉她。今年他们的买卖做得很大，泰西埃开玩笑说，他之所以能在勒阿弗尔有那么多客户，就是因为他娶了朱丽叶。最近他还带着罗伯尔到别处做过买卖，爱德华对他关怀备至，他认为自己了解罗伯尔的性格，而且深信罗伯尔会认真对待这项工作的。

父亲的身体好多了。看到自己女儿那么高兴，他也变得年轻了，就连他对农场、花园的兴趣也重新浓厚起来了。前一个时期，我和阿施布东小姐每天都给他读一段于伯纳尔男爵的游记，直到泰西埃一家住在这里才中断，我非常乐意给他读书，他在一旁听着也很高兴，刚才还叫我接着高声朗读呢。从现在起，我自己也会有更多的时间看书了，不过，我还是希望你能给我一些指导，因为，今天早上当我把许多书一本一本地排放在一起的时候，我觉得自己一个人好没意思！……

从这以后，阿莉莎的信就变得更加颠三倒四、更加急不可待了。夏天快要过去了，她写信来说：

我怕你不安心，一直没有说过自己是多么想你。我度日如年地苦熬着，真盼望能够早日见到你。然而，我们还要等两个月才能见面！我觉得这两个月比我远离你度过的所有时间还要漫长！为了消磨时光，我尽力去做各种各样的事情不让自己闲下来，可这一切显得那么可笑，那么无济于事，我再也无法强迫自己做任何事情了。对于我来说，靠读书消磨时间已经不灵验了，即使是读也会觉得索然无味，就连散步的乐趣也荡然无存了。我觉得花园失色，草木无香，整个大自然都失去了魅力。我真羡慕你，你除了军事训练以外，还要参加各种各样的义务劳动，虽然这些并不由你选择，但它毕竟可以使你经常忘记自己，使你疲劳，让你感到日子过得很快。到了晚上，你拖着疲惫不堪的身体回到屋里，很快就会进入梦乡。说起干脏活累活，我的脑子里常常出现你描绘的那种感人场面。最近几天，我晚上总是睡不好觉，每天夜里都要被起床号惊醒好几次。真的，我确实听到了起床号的声音。我现在完全想象得出你所说的微醺状态，因为它和这种清晨的喜悦、这种半昏睡状态是一样的……在这曙色迷人的寒冷早晨，马尔泽维尔高原[①]该有多么美啊！……

我最近一个时期身体不太好，啊！不要紧的。我想这是因为盼你盼得太厉害了。

六个星期以后，我又收到这样一封信：

朋友，这是我的最后一封信了。虽然你回来的日期还没有确定，但它决不会拖得太久，因此我不准备再给

① 马尔泽维尔高原为法国孚日山脉的延伸部分，在杰罗姆服役的南锡附近。

你写什么了。我原来希望能够在封格斯玛尔见到你，但这里的天气已经变得非常恶劣，冷极了，而且父亲也总是说要搬回城里去住。不过，你最好下车看一看菲莉希姨妈，她见到你也一定会非常高兴。

随着我们相见日期的迫近，我的盼望反倒变得更加急切，几乎到了惶恐不安的地步。我盼星星盼月亮地等着你回来，现在你就要回来了，而我却感到心里非常害怕。我尽力不去想它，可怎么也做不到。我仿佛看到你按了一下门铃，然后又听到了你上楼的脚步声，我觉得心好像都不跳了……你可千万要有准备，我见到你时肯定会说不出话来的……我觉得过去的一切都到此结束了，今后会怎样，我一点也不清楚，我的整个生命都停止了……

然而四天以后，也就是我退伍前的一个星期，我又收到了一封非常简短的来信：

朋友，你来信说不想在勒阿弗尔久留，也不想把我们这次见面的时间拖得太长，我表示完全赞同。我们书来信往已经谈了那么多，难道还有什么要说的么？既然你必须在二十八号以后回到巴黎注册上学，那么你就不要犹豫，更不要为了我们只能有两天时间在一起而感到遗憾。我们今后的日子不是还很长吗？

第六章

我们是在普朗提埃姨妈家里见的第一面。我突然感到部队生活使我变得粗壮、笨重了……但转念一想，她不是早就知道我变样了么，再说，这种最初的错觉对于我们又有什么了不起的呢？倒是我自己心里直犯嘀咕，生怕会认不出她来，因此，我开始时连看都不敢看她一眼……不，她一点也没有变。要说有什么难堪，那就是大家硬要把我们当作未婚夫妇看待，见了我们总是躲开，好让我们单独在一起。虽然这是出于好心，可也实在够荒唐的。

“不，姨妈，你一点也不妨碍我们：我们并没有什么秘密要说，”看着这位善良的女人笨头笨脑地躲来躲去，阿莉莎终于喊了起来。

“怎么会！孩子们，怎么会！我非常理解你们：这么长时间没见面了，一定有许多悄悄话要说的……”

“我求求你了姨妈；你要是走开，我们就会觉得非常扫兴了。”她说这句话时的语气几乎充满了愤怒，我简直不敢相信这就是阿莉莎的声音。

“姨妈，我发誓，您要是走开，我们就一句话也不说！”我笑着补充了一句，说心里话，我也挺害怕我们两个人单独在一起。于是，谈话便在我们三个人当中开始了。大家装出一副快活的样子，东拉西扯地闲聊了半天，虽然表面上谈得挺热闹，可每个人都如坐针毡一样慌乱不安。这时舅舅来了，他邀请我第二天过去吃午饭，于是我们便趁机相约明天再见。第一天晚上我们就这样分手了，我们不仅不感到痛苦，而且还直庆幸这场滑稽的表演终于结束了。

我到的时候离吃饭的时间还早，但不巧的是，阿莉莎当时正在和一位女友聊天，她不好意思打发她走，而那个人也很不知趣，一直坐着不走。当我们终于能够单独在一起的时候，我对阿莉莎没有留客人吃午饭还假装惊讶了一番。昨天夜里，我们俩都没有睡好，一副无精打采、疲惫不堪的样子。舅舅来了。我觉得他老多了。他的听力已经变得很差，都听不清我的话了。我不得不大声嚷嚷好让他听懂我的意思，可这样一来，我的语调就变得非常粗野了。

午饭过后，普朗提埃姨妈如约而来了。她用车子把我们送到奥舍尔，回来的时候，她故意让我和阿莉莎沿着这条最迷人的公路步行一段，而她自己却到前面等我们去了。

虽说是秋末时节，可那天的天气却比较热。阳光晒在我们走的那条沿山公路上，让人觉得兴味索然。路边的树木都是光秃秃的，连个遮阴的地方都找不到。一想到姨妈正坐在前面的车子里等着，我们便无可奈何地加快了脚步。我头疼得厉害，连句话都说不出来了。也许是故作镇静吧，要不然就是为了寻找话题，我一边走一边握住了阿莉莎的手。她没有反抗，任凭我握着。不知是因为激动，还是因为走得太快让人喘不过气来，抑或是因为这种沉默不语的尴尬局面，我们两个人的脸都涨得通红。我觉得太阳穴跳得很厉害，阿莉莎的脸也红得非常难看。没过多久，我们互相握着的手就出汗了，我们觉得很不自在，便将手松开，各自伤心地垂了下去。

我们走得太快了，到了前面路口上的时候姨妈的车子还没到，原来她为了让我们有充裕的时间谈话绕到另一条路上去了，而且让车子走得很慢。我们在路旁的斜坡上坐了下来。忽然一阵寒风吹来，冻得我们打了个激灵，这时我们才发现身上已经被汗水湿透了。姨妈的车子来了，我们便站起身迎了上去……最糟糕的就是应付姨妈的殷切关怀，这位可怜的女人深信我们已经谈了许多，恨不得马上就问我们什么时候订婚。阿莉莎再也忍不住了，她两眼充满了泪水，借口头疼得厉害一言不发。于是我们便默默无声地回去了。

第二天醒来，我腰也痛背也痛，好像有些感冒，只觉得浑身难受，直到下午我才决定到布科林家去。不巧得很，阿莉莎身边已经有人了。这是姨妈的孙女玛德莱娜·普朗提埃——我知道阿莉莎经常和她兴致勃勃地聊天——她这几天一直住在奶奶家里。小姑娘一见我进来，就喊叫着说：

“一会儿你走的时候要是回奶奶家，我们就一起走。”

我机械地点了点头表示同意，看来我不可能和阿莉莎单独在一起了。不过有这个可爱的小姑娘在场，我们反倒觉得自在多了，再也不会像昨天那样尴尬难堪了。我们三个人轻松地谈了起来，起初我还担心谈话内容会尽是一些无聊的琐事，可实际上却比我想象得要好得多。当我起身告辞的时候，阿莉莎古怪地微笑了一下，似乎她当时并没有明白我第二天就要走了。也许她认为我们在不远的将来还会见面，因此没有像往常分手那样感到悲伤。

晚饭后，我忽然感到一种朦朦胧胧的不安，不由自主地又回到城里。我在街头游荡了将近一个小时，最后终于下决心再一次去按布科林家的门铃。这一回是舅舅开的门，阿莉莎觉得身体不舒服，早就回到楼上的房间里睡下了。我和舅舅聊了会儿天，然后便走了……

我来得总是这么不凑巧，真让人恼火，可是光抱怨又有什么用。就算一切都尽如人意，我们自己也会生出许多尴尬事来的。对此，阿莉莎也有同感，这就让我心里更加不好受了。我刚回到巴黎，马上就收到了她的信：

朋友，这次见面太叫人伤心了！你也许会说这不是我们的过错，可是就连你自己也不会相信，我现在终于明白了，我们将来也会永远如此。啊！我求求你，我们今后再也不要见面了！

本来我们是有许多话要说的，可是一见了面，我们为什么会这样尴尬，感到双方都在装模作样？为什么我们会无言以对，沉默不语……你回来的第一天，我甚至还为这种沉默高兴过，因为我相信这是暂时的，你会给我讲许多美妙的事情，而且不讲完这些，你决不会走。

然而，当我看到我们在奥舍尔那次凄凉的散步默默地结束了的时候，特别是当我们拉着的手互相松开、绝望地垂下去的时候，我觉得心都要碎了。最使我伤心的并不是你放开了我的手，而是我感到，即使你不这样做，我自己也会把手松开的——因为我也觉得挺没趣的。

第二天，也就是昨天，我等了你一个早上，等得都要发疯了。我觉得心里非常慌乱，简直无法在家里待下去，于是我便留了个纸条，告诉你到海边的防波堤上找我。我面对波涛汹涌的大海注视了很久，可是一想到你不在身边，我就觉得心里非常难过，不愿意再看下去。

我回到家里，想象着会突然看到你已等在我的房间里。我知道自己下午不会有空闲时间，因为玛德莱娜头一天就通知我要来做客，我原想上午就能见到你，因此我让她下午来了。不过，也幸亏有她在场，不然，我们也许就不会有那段唯一美好的时光了。我当时产生了一种奇怪的幻想，以为这场轻松愉快的谈话会持续很长时间，很长时间……然而，你却走近我和玛德莱娜坐着的那张长沙发，俯下身来向我告辞，我当时真不知道如何回答是好，我只觉得一切都结束了：当我忽然明白过来的时候，你已经走了。

你和玛德莱娜走的时候天已经很晚了，可我觉得这样让你走了实在于心不忍。你知道么，我也跟着出去了！我还有话想要对你说，要把没有来得及说的话通通告诉你。我已经跑到普朗提埃家了……可是晚了，没时间了，我不敢贸然……我绝望地回到家里，拿起笔来给你写了一封告别信……尽管我再也不想给你写信了……因为，我深深地感到我们过去的信全都是大梦一场，我们每个人都是写给自己看的，唉！……杰罗姆！杰罗姆！我们还是永远分开吧！

的确，我把那封信撕了；不过我现在又重写了一封，而且几乎一模一样。朋友！我对你的爱丝毫也没有减弱，相反，当你走近我的时候，我是那么心慌意乱，那么局促不安，这使我强烈地感到，我从来也没有像现在这样爱你。那么为什么还会感到绝望呢？我必须承认：你离得越远，我对你的爱就越深。我早就有这种预感了，唉！我们日盼夜想期待着早日见面，而这次见面所告诉我的就是这个道理，重要的是，朋友，你也应当使自己相信这一点。再见了，弟弟，我是多么爱你啊！愿上帝保佑你，指引你，因为只有和他在一起，人们才能免遭不幸。

第二天，她在信的末尾又加了一段附言，就好像这封信还不够让我痛苦似的：

我不想就这样把信发出，我还想请求你在我们两个人的事情上稍微谨慎一点。你曾经多次将本来应该限于我们两个人之间的事情告诉朱丽叶或阿贝尔，这使我很伤心，也许你还没有察觉，但我早就想到了：我觉得你的爱情是一种出于理智的爱情，完全是一种为了表示温情和忠诚才这样做的固执表现。

毫无疑问，她是怕我把这封信拿给阿贝尔看才加上这最后几行字的。可是她究竟发现了什么疑点才警觉起来了呢？难道她在我过去的言谈话语中看出了什么破绽，知道我的朋友曾经出过主意？……

可是从那以后，我觉得自己和他疏远多了！因为我们走的是完全不同的两条道。阿莉莎的劝告完全是多余，我自己知道该怎样独自承受痛苦的折磨。

一连三天，我一直抱怨个不停。我想给阿莉莎回信，可又有许多顾虑，我觉得太心平气和不行，太激烈过火也不行，生怕有哪一句话说得不对，使我们的创伤更加难以愈合。我怀着苦恋的心情一遍又一遍地写着，终于下决心把这封沾满泪水的信发出去了。这封信就是今天读来，我也会情不自禁地流下眼泪的：

阿莉莎！可怜可怜我，可怜可怜我们俩吧！……看了你的信，我心里非常难过，多么想用微笑来消除你的忧虑啊！是的，我完全明白你的意思，但我不敢说这是真的。你想到哪儿去了，怎么竟用这种可怕的想象加重我们之间的隔膜！

如果你觉得不再那么爱我了……啊！我决不想做这种令人痛苦的猜测，而且你的信也完全证明不是这样！如此说来，你的暂时担心又有什么要紧呢？阿莉莎！我要是真的凭理智办事，我的话就会变得冷冰冰的，而且也不会感到心中的痛苦了。我太爱你了，简直到了笨嘴拙舌的地步，而且，我对你爱得越深，就越不知道该怎样和你讲话。“出于理智的爱情”……这叫我怎么说呢？我的整个灵魂全都倾注到对你的爱上了，我怎么分得清哪些是出于理智，哪些是发自内心？既然我们的通信是你发难的原因，既然我们从通信的假象回到现实当中之后受到这样无情的打击，既然你现在认为你写给我的信都是写给你自己看的，同样，既然我已经没有力量再忍受这类信件，那么我求求你，在今后的一段时间里，我们停止一切通信吧。

接下来，我还在信中对她的判决表示了抗议，并且申述了理由，我恳求她答应让我们再见一次面。说起这次见面，无论是天时、地利还是人和，一切都对她不利，而且就连我们书信最为频繁的时候也没有认真考虑过这个问题。唯一不同的是，在这次见面之前我们将没有书信往来。我希望把这次见面放在春天，在封格斯玛尔，因为我想，那里过去的一切都会对我有利，而且舅舅也一定欢迎我在复活节期间去那里度假，只要她满意，我就住下去，哪怕只有几天呢。

我拿定了主意，把信发了出去，然后便立刻投入到学习当中来了。

*　　*　　*

时间还没有到年底，可我却不得不又见了阿莉莎一面，原因是阿施布东小姐去世了。近几个月来，她的身体越来越坏，离圣诞节就差四天了，她却与世长辞了。我自从当兵回来以后，便和她重新住在一起了。我很少离开她，因此她去世的最后一刻有我在场。阿莉莎只寄来了一张明信片，这说明她牢记着我们决心保持沉默的誓言，尽管阿施布东小姐的死使我很悲哀。她告诉我，她很快就会乘火车来，但此行的目的只是为了安葬阿施布东小姐，因为舅舅不能来参加葬礼了。

从举行葬礼到跟着灵柩去墓地，我们身边几乎没有别人，只有我们两个。在去教堂的路上，我们并排走着，几乎没有说话；但是在教堂里，当她在我的身旁坐下以后，我却感到她好几次向我投来温情脉脉的目光。

“一言为定，”她临走时对我说，“复活节前什么也不要讲。”

“好的，但是到了复活节……”

“我等着你。”

我们已经来到墓地门前。我提出送她去火车站，可她把手一招叫了一辆车子，连句告别的话都没说就抛下我径自走了。

第七章

四月底，我回到了封格斯玛尔。舅舅像父亲一样拥抱着我说：“阿莉莎正在花园里等你呢。”起初我真有些失望，心里直抱怨阿莉莎没有即刻跑来迎接我，但是过后不久，我马上又对她产生了一种感激之情，因为她使我们两个人都摆脱了亲友相见时的客套寒暄。

她当时在花园深处，于是我便朝着那个圆形花坛走去。花坛的四周密密地栽了一圈灌木丛，当时正值花开季节，灌木丛上开满了紫丁香、楸树花和金雀花。我不想看到她第一眼的时候离得太远，也不想让她看到我来了，于是我便绕到花园的另一边，沿着一条树荫浓郁、空气新鲜的小路向她走去。我把脚步放得很慢；天空好像也和我一样高兴似的，显得那么温暖、明亮、纯净淡雅。她一定以为我会从另外那条路上来，因为当我走近她，甚至都到了她的背后的时候，她都一点也没有听到我的脚步声。我停了下来……仿佛时间也随着我的脚步停止了：我想，这可是幸福到来之前最美妙的时刻，就是幸福本身也不如它耐人寻味……

我想走到她面前跪下，可刚一迈步就被她听见了。她猛地站起身来，手中的刺绣也滚落到地上。她把两臂向我伸来，然后又把手放在我的肩膀上。我们就这样一动不动地待了很久。她微笑着把头向我倾来，温情脉脉地注视着我，一句话也没有说。她穿着一身洁白的衣服，在她那张有些过于严肃的脸上，我又看到了她童年时的微笑……

"听我说，阿莉莎，"我突然对她说到，"我有十二天假，不过只要你不愿意，我就一天也不多待。我们约定个暗号吧，只要一看到这个暗号，我就知道自己第二天该离开封格斯玛尔了，而且我走的时候绝不责怪，也不抱怨。你看怎样？"

我的这番话丝毫也没有事先准备，因此说出来时显得非常轻松自然。她考虑了一会儿，然后说：

“晚饭时，我从楼上下来，脖子上如果没戴你喜欢的那枚紫晶十字架……明白了么？”

“即是说这将是我在这里的最后一个晚上。”

“可你走的时候能做到不流眼泪，不唉声叹气……”

“甚至连句告别的话也不说。哪怕今天就是最后一个晚上，我也能做到不辞而别。到时候就连你自己也会犯嘀咕：难道他没明白我的意思吗？可是当你第二天早上找我的时候，我已经不声不响地走了。”

“我第二天是不会找你的。”

我把她伸过来的手放在嘴唇上吻了吻：

“从现在起一直到晚上决定命运的时刻，你什么也不要暗示，免得我有预感。”

“你也一样，也不要暗示就要分别了。”

我觉得一见面就这样郑重其事，很可能会使我们陷入尴尬的僵局，因此现在必须打破这种局面，于是我对她说：

“我非常希望你我在一起的这些日子能够同往常一样……我是说，我们两人都不要感到这几天有什么特别……不过，我们谈话最好别一开始就那么拘束……”

她笑了。我又补充了一句：

“难道我们就没什么可以一起干的事情了么？”

头三天，我们是在花园里度过的。最近新来的园丁不如过去的那个有经验，刚两个月就把花园撂荒了：就拿那些蔷薇来说吧，修剪得也太差了。有些长得倒是挺旺盛，但里面却塞满了枯树枝子；有的需要攀绕在架子上，可架子却没有搭好，结果全部倒在了地上；有的疯长得很厉害，把其他植物的养料都吸干了。我们一向喜欢栽花种草，这些蔷薇大部分都是我们亲手嫁接成活的，因此我们一眼就能看出哪些是新发的枝条。要把这些全都修整好是需要很长时间的，不过这倒使我们有机会拣着那些无关紧要的话畅谈，而且，如果一时无话可说，我们只要埋头干活就行了，谁也不会因为冷场而感到不自在。

就这样，我们又开始互相习惯了。我不想做任何解释，只希望我们能够慢慢适应。我们早就把分别的事忘得一干二净了，我对她的忧虑没有了，她也不再担心我用心不专了。与我秋天那次令人伤心的来访相比，阿莉莎年轻多了，我从来也没有见过她像现在这样美丽。三天过去，可我还没有拥抱过她。在她的胸前，我每天晚上都可以看到那枚挂在金链子上的小巧的紫晶十字架在闪闪发光。我信心十足，又重新燃起了希望。那么，我说的希望是指什么呢？就是放心，我猜想，阿莉莎也一定感到放心了。因为我很少怀疑自己，更不可能去怀疑她。于是，我们说起话来胆子也变得越来越大了。一天早晨，我们来到外面。花园里微风拂煦，阳光明媚，使人感到心花怒放。

“阿莉莎，”我高兴地对她说，“现在朱丽叶已经找到自己的幸福了，难道你不想让我们也……”

我慢慢地说着，两只眼睛死盯着她。没等我说完，她的脸一下子就变得惨白惨白的：

“朋友！”她头也不抬地说，“我在你身边已经感到非常幸福了，我简直想象不出还有谁会像我这样幸福……不过你要相信我：我们生来就不是为了追求幸福的。”

“不追求幸福追求什么？”我一冲动喊了起来。她低声说道：

“神圣的上帝……”她说这个词时声音是那么低，我简直没有听清，完全是靠猜才猜出来的。

一时间，我觉得眼前的幸福全都不翼而飞了。我把头埋在她的膝盖上，哭得像孩子一样：

“没有你我就找不到上帝。”我含着泪水说，但这是爱情的眼泪，绝不是悲伤的眼泪，我反复重复着，“没有你就找不到，没有你就找不到啊！”

白天同往日一样静悄悄地过去了。晚饭时，阿莉莎没有戴那枚小巧的紫晶十字架。我信守了自己的诺言，第二天一早儿便不辞而别了。

我回到巴黎后的第二天便收到了阿莉莎的来信。这封信写得很怪，一开头就是莎士比亚的诗剧：

> “又奏起这个调子来了！它有一种渐渐消沉下去的节奏。啊！它经过我的耳畔，就像微风吹拂一丛紫罗兰，发出轻柔的声音，一面把花香偷走，一面又把花香分送。够了！别再奏下去了！它现在已经不像原来那样

甜蜜了……”①

你说得对，弟弟！整个上午我都在有意无意地找你。你履行了我们的诺言，可我心里却十分不好受，真恨死你了。我原来一直以为这是玩笑，心想你一定躲在哪个树丛后面了——然而没有！你确实走了。谢谢。

你走后，我胡思乱想了一整天，觉得有许多话要对你说。我清楚地感到自己有一种莫名其妙的担心，我觉得如果不把这些想法告诉你，我将来就会感到对不住你，并受到你的指责……

你刚来封格斯玛尔的时候我就发现，每当和你在一起我的心里就会产生一种心满意足的感觉。开始时我还有些惊奇，但很快我就感到不安了。你曾经对我说过：“除了这种心满意足之外，我不希求任何东西！”遗憾的是，这正是我所担心的！……

朋友，我之所以担心，是因为害怕被你误解，尤其是害怕你只认为我思维敏锐（在这方面，我是多么笨

① 本段原文出自莎士比亚戏剧《第十二夜》，朱生豪译。

啊！）而看不到我灵魂深处最强烈的感情。

“如果得不到满足，就不会有幸福！”还记得你说的这句话吗？我当时真不知道该怎样回答你。不，杰罗姆，我们不会得到满足的，我们也不应该得到满足。我不认为真有这种令人心满意足的好事，难道我们还不明白为什么秋天那次见面会这样让人伤心吗？……

啊！上帝保佑，但愿真有这种令人心满意足的好事！不过，我们生来却是为了另外一种幸福的……

正如我们以往的通信曾经使秋天那次见面不欢而散一样，一想起你昨天还在这里，我今天的信也写得索然无味了。我过去给你写信时那种欣喜若狂的感觉哪里去了呢？按说我们本来是能够在爱情当中体验到最纯洁的欢乐的，可是由于我们经常写信、经常见面，这种欢乐就越来越淡薄了。我不禁想起了奥西诺[①]的话，现在我要像他那样大声说：“够了！别再奏下去了！它现在已经不像原来那样甜蜜了。”

---

① 奥西诺，《第十二夜》中的伊利里亚公爵。

再见了，朋友。Hic incipit amor Dei①！你到什么时候才能明白我是多么爱你？……我至死都永远是你的。

阿莉莎

我这个人就是经不住别人用大道理劝说。只要是善行义举，准会使我眼花缭乱，倾心效法，因为我觉得爱与美德是分不开的……我想都没想，就被阿莉莎的信迷住了。上帝可以为证，为了她，我总是想方设法使自己多具备一些美德。我觉得，只要是向上的路都会把我引到她那里。啊！世界真是太大了，什么时候我们两人才能走到一起！唉！我丝毫也没有察觉她设置了一个非常巧妙的圈套，更没有想到她会借追求某种高不可攀的理想境界再次把我甩掉。

我给她回了一封很长很长的信，其中一段颇有远见，至今仍然记得：

我常常有这样一种感想，我的爱情是自己保留在心

① 这句拉丁文的意思是："从现在开始爱上帝吧。"

中最美好的东西，它使我有了许多善良品质，并使我变得高尚起来，如果没有你，我就会重新堕入碌碌无为的凡夫俗子的境地。正是因为希望能够和你在一起，我才总是觉得再险峻的道路也是美好的。

不知我在信中还说了些什么，竟促使她给我写了下面这封信：

但是，朋友，追随神圣的上帝绝不是选择，而是一种义务（这个词下面划了三条着重线）。如果你还是我心目当中过去的你，那么你也逃脱不掉这种义务。

一切都清楚了。我明白，确切地说，我预感到我们的通信就要到此结束了，再诡诈的主意，再顽强的意志也无济于事了。

不过，我还是写了几封情真意切的长信。第三封信发出去之后。我收到了下面这张便条：

朋友，

不要以为我决心不再给你写信了，我只是提不起兴趣罢了。不过，看了你近来这几封信，我心里还是挺高兴的。但一想到你把精力越来越多地放在这方面，我又有些怨恨自己。

暑假快要到了，这段时间我们就不要再写信了。到了九月下旬你就来封格斯玛尔吧，我们一起度过暑假的最后十五天。你同意吗？如果同意，你就不用给我写信了，沉默就是赞同，但愿你不回信。

我果真没有回信。当然了，这种杳无音信的生活是她对我的最后考验。几个月来，我把精力全都放在了学习上，后来还到外面旅行了几个星期，当我重新回到封格斯玛尔的时候，心里坦荡极了。

说来话长，有些事情就连我自己一开始都搞不清，现在要让我用三言两语马上说清道明，这怎么可能？从那以后，我便开始完全倒霉了，事到如今，还有什么好说的？谁让我没有感觉到在她那极不自然的表情下面仍旧搏动着一颗热恋的心，谁让我一开始就被这种假象迷惑住了，不仅没有看出她的真实感情，而且还对她大加责备。为了这些，我至今都不能原谅自己……不，阿莉莎，即便是在当时我也不怪你！我只是失望，为看不出你的心思而感到难过。我现在才明白，你完全有力量若无其事地忍受痛苦的折磨，而对自己的爱情绝口不谈；不过你是否认为，我受到的痛苦越可怕，我就会越加爱你？……

你这是轻蔑，还是冷漠？都不是，这些没有任何说服力，根本不值一驳。可是其中的原因却是那样微妙，阿莎莉那副一无所知的样子装得又是那样像，这就使我不得不左右为难，有时甚至怀疑自己是不是庸人自扰。我有什么好抱怨的呢？她从来也没有像这次迎接我时那样欢快，那样热情，那样关怀备至，使得我第一天就被迷惑住了……她换了一种平直的发型，使面部线条显得非常刻板，让人看不出她的表情；她身上的那件上衣也显得很邋遢，不仅颜色暗淡，就是布料的手感也很差，穿着它，简直把她那亭亭玉立的身姿都扭曲了。不过，这毕竟是一些无关紧要的小事……我的眼睛也真够瞎的，居然没有看出其中的奥秘，甚至认为只要我提一句，她第二天就会重新梳妆打扮的……她的热情关心使我越来越感到不安，因为我们之间很少这样嘘寒问暖，我担心她这样做本不是出于真心，而是因为做出了什么重大决定，至少我敢说她这是出于客套而不是出于爱情。

晚上，当我走进客厅的时候，奇怪地发现原来放钢琴的那个地方已经空荡荡的了。我感到很失望，不由得喊了起来。

“钢琴送去修理了，”阿莉莎非常平静地告诉我。

“我和你说过多少次，孩子，”舅舅在一旁用一种相当严厉的口吻责备说，“你应当等杰罗姆走了再送去修理，再说你一直弹着挺好嘛。你这样急急忙忙地送去，使我们少了一大乐趣……”

“可是，爸爸，”她脸一红把身子转了过去，“钢琴的音色最近总是瓮声瓮气的，我敢保证就是杰罗姆也会觉得没趣。”

“可你弹的时候，”舅舅接着说，“声音并没有那么糟嘛。”

她把头埋在椅子阴影里半天没有吭声，就像是正在专心致志地量椅子罩的尺寸似的。她待了一会儿便突然走了出去，直到很晚才用托盘托着舅舅每天晚上都要喝的汤药回到客厅里来。

第二天，她既没有改变发型，也没有更换衣裳。她和父亲坐在房前的一张长椅上，手里又拿起了那些需要缝补的活计，应该说，她从昨天晚上起就开始干了。她的身旁有一只大箩筐，里面那些破旧的长袜、短袜全都被她抖搂出来了，弄得桌子和长椅上到处都是。再过几天，这里放的大概就是毛巾、床单之类的东西了……她似乎把全副精力都投入到这项缝缝补补的工作当中来了，以至于她嘴角上的表情和眼睛中的光芒全都没有了。

记得第一天晚上她就是这样一副死气沉沉的面孔。我呆呆地望了她很久，可她就像没有觉出我的目光似的。我心里害怕，便叫了一声：

“阿莉莎！”

“什么事？”她把头抬了起来。

“我想知道你是否在听我说话，你的心思好像根本就没在我这里。”

“不对，我在这里；不过，要把这些缝补好是需要非常专心的。”

“你一边缝一边听我朗读好吗？”

“我怕听不仔细。”

“你干吗非要选择这样伤脑筋的事情做？”

“这总得有人来做呀。”

“穷家妇女有的是，掏几个钱让她们做去，她们还能养家糊口呢。你硬逼着自己做这件徒劳无益的事情，该不是为了省钱吧？”

她马上告诉我说，她觉得干这件事最解闷，而且她早就不干其他事情了，就是想干也完全生疏了……她一边说一边笑，那甜美的声音还从来没有像现在这样让人听了难受。望着她那泰然自若的面孔，我只问了一句：“你怎么会这么伤感？”我本来还想争辩几句，可话到了嘴边又咽回到肚子里去了。

第三天，我们一起去摘玫瑰花。摘完之后，她要我把这些花送到她的房间去，说实在的，我今年还真没进过她的房间呢。我立刻抖起了精神，心想有门儿！因为在此之前，我还一个劲儿地责怪自己整天愁眉苦脸呢，现在她一句话便把我的心病治好了。

每当我走进这间屋子的时候总是那样激动不已，真不知道阿莉莎是怎样在这里养成那种温文尔雅的性格的。房间里挂着蓝色的窗帘，床的四周摆放着锃光发亮的桃花心木家具，一切都是那么整洁、那么安静，让人一看就会联想到她那纯洁的心灵和她那沉思默想时的倩影。

那天早上最让我感到吃惊的是，在她床头的墙上，我从意大利带回来的那两幅马萨丘[①]的大照片不见了。我正要问她照片哪儿去了，眼光一下子便落到了她原先摆放床头书的书架上。架子上的那些书籍有一半是我送给她的，另一半则是我们一起读过的，随着时间的过去，这些书居然慢慢成了一个小书库。直到这时我才发现原来的那些书全都没有了，而换上来的都是一些教人如何孝顺父母、如何敬畏上帝的庸俗读物，没有任何价值，我早就希望她不要相信这些东西。

---

① 马萨丘，意大利文艺复兴时期佛罗伦萨画家。

我猛地抬起眼睛，看到她正在那里笑——是的，正看着我笑。

“请原谅，”她马上说，“我是笑你的表情，一下子都变了个样儿，你觉得我这些书……”

“不，”我没心思和她开玩笑，“说真的，阿莉莎，你现在就读这些吗？”

“当然，这有什么好大惊小怪的？”

“我是想，一个受过良好教育的人再回过头来看这类淡而无味的东西，不会不感到恶心的。”

“我不明白。”她说，“这些书的作者都是一些心地善良的普通人，他们尽情表达着自己的思想感情，就像聊天一样和我谈心，我很喜欢和这些人交往。我早就知道自己和他们是一样的人，他们绝不会被任何花言巧语所迷惑，我在读他们的作品时也绝不会产生任何庸俗的趣味。”

“难道你只读这些书吗？”

“差不多。特别是近几个月，我只读这些。再说，我已经没有那么多时间读书了。还记得你要我好好欣赏的那些伟大作家吧，我最近又重新读了其中一个人的作品，我好像有这样一种感觉，仿佛自己就是《圣经》中说的那种想把自己的个子加高半米的人。”

“是哪个‘伟大作家’给了你这种怪想法？”

“这种想法并不是他给的，而是我在读他的著作时自己产生的……这个人就是帕斯卡尔[①]。也许我所看到的只是一些写的并不十分出色的章节……”

她像背诵课文似的用一种既响亮又单调的声音说着，两只眼睛却没有抬起，始终看着那些还没有整理好的花朵。我不耐烦地把手一挥打断了她，但是过了一会儿，她又用这种口吻说了起来：

“那骇世惊俗的语言，那百折不挠的精神，本身就很有说服力。我有时直问自己，他那慷慨激昂的语调到底来自怀疑还是来自信仰，反正墨守教条的信仰者绝不会像他这样泣不成声的。”

“泣不成声最能打动人心。”我没话找话地敷衍了一句，心里却感到非常沮丧，因为阿莉莎的这番话使我觉得她

---

① 帕斯卡尔，法国十七世纪科学家、思想家、散文作家，深受冉森教派思想的影响。

那些可爱之处全都荡然无存了。我现在只想尽自己的记忆所及，把我们的谈话原封不动地记录下来，决不做任何修饰：

“如果他没有亲身体验过人间乐趣，那么这种乐趣的分量就会多于……”

“多于什么？”我打断了她莫名其妙的话。

“多于他所说的那种十分渺茫的天堂欢乐。”

“难道你不相信会有天堂欢乐吗？”我喊了起来。

“这并不重要！我倒希望这种欢乐是十分渺茫的事情，免得有人打它的主意。仰慕上帝的人之所以潜心行善，并不是希望将来能有好报，而是因为他们生来就有高贵的品质。”

“帕斯卡尔品质高贵，这就是怀疑论的秘密。”

“不是怀疑论，是冉森教派，”她笑着说，“这和我有什么关系吗？是这样——这就要回过头来从那些书谈起了——那些普普通通的作者自己也很难说清他们到底是冉森教徒，还是寂静主义者或别的什么教徒，但他们在上帝面前却像风儿吹拂下的小草一样顺服。他们纯洁善良，无忧无虑，朴实无华，他们从不自高自大，并且深深懂得只有使自己在上帝面前变得非常渺小，他们才会具有某种价值。”

“阿莉莎！干吗这样妄自菲薄？”我不禁叫了起来。

她说话时的声音是那样平静，那样自然，以至于我的这声叫喊显得非常可笑、做作。

她一面摇头一面微笑着对我说：

“我这次读帕斯卡尔的作品所悟出的全部道理是……”

她停了一下，我忙问：“是什么？”

“就是基督说的那句话：‘谁想拯救自己的生命，谁就必然会失去它。’至于其他事情，”她笑得更厉害了，而且两只眼睛死死地盯着我不放，“我确确实实不太理解。我觉得非常奇怪，当你在这些默默无闻的小人当中生活过一段时间之后，你很快就忍受不了那种高人一等的思想了。”

我脑子里乱极了，心想，难道我就这样无言以对了吗？……

“我今天要是能和你一起读一读这些思想和教诲，我……”

“很遗憾，”她打断我说，“我不愿看着你读这些！的确，我以为你生来就是干大事业的人。”

她说得非常干脆，似乎连想都没想过这种绝情的话会使我心里多么难受。我觉得脸上火辣辣的，真想再说上几句，然后大哭一场；说不定我的眼泪会使她软下来。然而我却呆呆地站在那里，胳膊肘支在壁炉上，手托着脑门儿，一句话也没有说出来。她仍旧是那么平静，继续整理她的花，丝毫也没有看出我的痛苦，要不就是装着没看见……

这时开饭铃响了。

“我不吃午饭了，”她说，“你快去吧。”

我觉得这就像是一场玩笑，便对她说：

“我们待会儿再谈。”

这次谈话后来并没有能接着谈下去。我总也见不到阿莉莎，这倒不是她有意躲着我，而是因为许多更加急迫的事情一下子都凑到一块儿了，使她脱不开身，就连我也被卷了进去。我既要处理那些没完没了的家庭琐事，又要督促人们腾仓晒粮，既要走访农户，又要到那些她关怀备至的穷人家去访贫问苦。每当我做完这些事情之后，留给自己的时间已经所剩无几了，而她也总是忙忙碌碌的——也许是这些琐碎的操心事使我无法和她形影不离的缘故吧，我至少觉得心里空荡荡的。有时，她也抽空和我聊一会儿，但她却像是把这种谈话当作儿戏似的，说起话来总是别别扭扭的，一开口就叫人觉得更加大失所望。每当我们俩碰到一起的时候，她总是漫不经心地笑一笑，便匆匆忙忙地从我跟前走过；我感到她变得那么陌生，就像我从来也不认识她似的。我有时甚至觉得她的微笑中有着某种蔑视，至少是讽刺的东西，看得出，她是在拿我开心，故意对我想要知道的事情避而不谈……我不想怨天尤人，也不知道对她有什么可抱怨的，更不知道自己还期待她些什么，我把满腹牢骚全都一股脑地发泄到自己身上来了。

我原以为这次放假可以好好乐一乐了，然而时间却这样淡而无味地流逝了。我眼睁睁地看着假期一天天地过去，既不想抓紧时间也不想再多住些日子，恨不得马上就走，因为这里的每一个人都在加重我的痛苦。然而，就在我动身的前两天，阿莉莎陪着我在那个已经废弃了的泥炭石场的长椅上坐了一个晚上。这是一个秋高气爽的夜晚，一点雾也没有，就连天边那深蓝色的山石草木都看得十分清楚。我望着这些非常熟悉的景物，不禁浮想联翩，回想起过去那些幸福的情景。我再也忍不住了，便把如今的满腹苦水全都倒了出来。

“可我有什么办法，朋友？”她听了我的话马上说，“因为你所爱的是一个虚无缥缈的人。”

“不，阿莉莎，绝不是虚无缥缈的人。”

“要不就是一个想象中的人物。”

“很可惜！她并不是我想象出来的，而是我有叫必应的朋友。阿莉莎！阿莉莎！你这是怎么了？你到底要使自己成为什么样子？”

她轻轻摘下一朵花，头始终低垂着，半天没有吭声。她终于开口了：“杰罗姆，你为什么不直截了当承认你已经不那么爱我了？”

“因为这不是真的，不是真的！”我愤愤地喊了起来，“因为我从来也没有像现在这样爱你。”

“是的，你爱我……”她把肩膀一耸，勉强笑了笑，“但又有些遗憾！”

“我决不会把自己的爱情抛到脑后的，”我仿佛觉得天塌地陷一般，不顾一切地争辩着……

“它和其他事物一样都是会消失的。”

“只有我死了，这种爱情才会消失。”

“随着时间的过去，它会慢慢冷下来的。你所爱的那个阿莉莎已经不存在了，她只存在于你的记忆之中。总有一天你会发现，原来你仅仅是爱过她。”

“瞧你说的，就像随便什么人都可以取代你在我心中的位置，而我也必然会中断对你的爱似的。你这样折磨我，难道就不记得你自己也曾经爱过我？”

她颤抖着苍白的嘴唇低声说道：

“不，不，在这一点上阿莉莎并没有变。”声音低得几乎听不见。

“既然如此，”我一把将她抱住，“那就什么也不会变。”

她定了定神：

“我只问你一句话就全都明白了：你为什么不敢正视现实？”

“什么现实？”

“我已经老了。”

“你胡说些什么呀……”

我马上争辩说自己也老了，因此我们在年龄上的差距仍然和过去一样……

她完全稳住了情绪，任凭我好说歹说就是不动心。我感到唯一的有利时机已经过去，一时间竟不知如何是好了。

两天以后，我便离开了封格斯玛尔。我既怨她也怨自己，心里一股无名火起，对所谓的“美德”充满了怨恨，恨不得把平日的善良抛得一干二净。在这次见面当中，我的所有热情好像全都被这种夸大了的爱情耗尽了。尽管我当时曾经理直气壮地和她争辩，但是事过之后，我却觉得她的每一句话都说得你心服口服，令人难以忘怀。唉！她说得的确在理！我所钟情的只是一个虚无缥缈的人，我始终爱着的那个阿莉莎已经不存在了……唉！我们的年纪的确不小了！就拿她那身曾经使我感到心灰意冷的丑陋打扮来说吧，其实这没有什么好大惊小怪的，它只不过是顺应了人老珠黄的自然规律罢了。如果我总是这样把她当作偶像高高地供着，并用自己所喜爱的一切来美化她，那么久而久之，我除了被折腾得筋疲力尽，还能得到什么呢？……阿莉莎一旦放任自流之后，很快就会变得和我一样平庸乏味，我对她也不再有什么指望了。想当初，我一直把她看作是出类拔萃的人物，并力求使自己有和她一样高尚的美德，现在看来，这种劳神费力的事情是多么荒唐、多么虚假呀！其实，只要我们稍微随和一些，别太清高，我们的爱情就不会有那么多困扰了……不管今后人们如何看待爱情当中那种漫无目的的盲目追求，爱情永远是一种固执行为，而不是什么忠诚。有什么可忠诚的？——不过是忠诚错误罢了。最明智的办法就是承认我自己欺骗了自己，难道不是吗？……

没过多久，我就被推荐到雅典娜大学[①]学习去了。我心里很高兴，这倒不是自己有什么抱负或兴趣，而是因为这一走可以使我躲过许多烦恼。

---

① 雅典娜大学，即法国考古大学，建于 1846 年。

第八章

我再次见到阿莉莎……已是三年以后的事情，正赶上夏天快要过去。在此之前大约十个月，我曾经收到过她的一封信，说是舅舅去世了。我当时在巴勒斯坦旅游，一得知这个噩耗便马上从那里给她写了一封相当长的信。从那以后，我就再也没有她的音信了……

我已经记不得自己这次是以什么借口跑到勒阿弗尔来的了，反正是来了，当然，我也到封格斯玛尔去过。我知道阿莉莎在那里，可又担心她身边会有别的人。我事先并没有通知她，但又非常讨厌别人把我的到来看作是一次普普通通的探望，因此我走在路上的时候心里还直犯嘀咕：我到底是进去还是不进去？或许连见都不见她一面就走会更好一些？……对，就这样。我只到那条林荫路上走一走，然后再到那个也许她还会来光顾的长椅上坐一坐……临走时，再留下个记号，让她知道我来过了……我一面想一面慢慢向前走去，自打我拿定主意不去见她，心里那种苦涩的悲哀反倒有了一丝甜意。转眼间，我已经来到那条林荫路上，我怕被人撞见，便沿着一条小路向那个把家禽饲养场隔开了的高坡走去。我知道那儿有一个地方可以看到花园里面。我站在高坡上一望，隐隐约约看见一个园丁正在林荫路上搂树叶子，不一会儿他便从我的视野里消失了。再看饲养场这边，它的四周围了一道新的篱笆，里面的狗听到我的脚步声便汪汪地叫了起来。我走到林荫路的尽头向右一拐，便绕到花园的墙下。我离开林荫路，穿过路边的山毛榉丛，正要打菜园子的那扇小门跟前走过，猛地产生了一个念头，非要从这个小门到花园里去不可。

门已经锁上了，但里面的门闩并没有插牢，一推就开。我用肩膀轻轻将门顶开，正要往里闯……就在这时，我听到了一阵脚步声，连忙跑到墙的拐角里躲了起来。

虽然我并没有看清从花园里出来的是谁，但凭着声音和感觉，我知道这是阿莉莎。她向前走了两步，轻声唤道：

“是你吗，杰罗姆？……”

我激动得一句话也说不出来，仿佛心脏都停止跳动了。她见没有动静，便大声重复了一句：

“杰罗姆！是你吗？”

听着她那情真意切的呼唤，我再也控制不住内心的激动了，一下子便跪倒在地上。她见我仍没作声，便向前走了几步，绕过墙的拐角，向我走来。我突然感到她就在我的面前——我用手捂着脸，不敢马上看她，过了好一阵才将她那柔弱的手捧起来狂吻。她俯下身子对我说：

“你干吗藏起来？”她说得那么简单，就好像三年分别只是几天前的事情似的。

“你怎么知道是我？”

“我一直在等你。”

“等我？”我感到非常意外，不由得带着疑问的口气重复了一句。

她见我仍然跪在地上，便说：

“我们到长椅那儿去吧——是的，我知道我还会见你一面的。最近三天，我每天晚上都到这里叫你的名字，就像今天晚上这样……你为什么不答应？”

“要不是被你撞上，我可能连见都不见你就走了。”我冷冷地说，尽量克制着内心的激动，不让自己像开始时那样垮下来。“我只是路过勒阿弗尔，我原打算到林荫路上走一走，围着花园绕一圈，再到泥炭石场里的那张长椅上歇一会儿，因为我想你有时还会来坐一坐的。然后……”

“你还是看一看我这三天晚上读的都是些什么吧，”她打断了我的话头，将一包信件递到我的手中。我认出那些都是我从意大利写给她的信，直到这时我才抬起眼睛看她。她的样子变化很大，望着她那憔悴而苍白的面孔，我心里就像刀绞一般难受。她把身子紧紧地依偎在我的怀里，就像遭了惊吓或感到身上发冷一样。她仍然身穿重孝，头上围着的那条代替发带的黑色花边使她的脸色显得更加苍白。她虽然微笑着，可我却觉得她已经支撑不住了。我不敢问她，但心里却害怕她现在只是一个人在封格斯玛尔。不会吧，罗伯尔一直和她生活在一起，而且八月份朱丽叶和爱德华也曾带着他们的三个孩子来过……我们来到那张长椅上坐下，寒暄了半天也没有谈到正题。她向我打听学习的情况，我虽然心里不愿意，可还是回答了。我多么希望她能够感到我对学习已经毫无兴趣了，希望她对我感到失望，就像她曾经也让我失望过一样。我不知自己的目的达到没有，反正从她的表情上看不出来。我心里充满了矛盾，既有爱又有怨恨，因此，尽管我说话时装出一副冷酷无情的样子，但嗓子里却不时发出一种激动的颤音，令人非常恼火。

太阳就要落山了。忽然一块乌云飞来将它挡住，过了一会儿它才重新出现在地平线上。落日余晖给空旷的田野镀上了一层金碧辉煌的色彩，一时间竟把我们对面那个狭窄的山谷照得透亮。我默默无声地望着这迷人的景象，直到太阳已经消失了我还呆呆地望着，仿佛身上仍旧沐浴着金色的霞光。我感到自己满脑子的怨恨全都烟消云散了，只觉得心中充满了爱。阿莉莎一直靠在我的身上，这时她站起身来，从怀里取出一个用很薄的纸包着的小包；看样子她是要把纸包交给我，但又有些犹豫，因此手伸了一半又缩回去了。我吃惊地望着她，终于使她开口说道：

“听我说，杰罗姆，我手里拿的是那个紫晶十字架；这三天晚上我一直把它带在身上，我早就想把它交给你了。”

“我拿它干什么？”我感到有些突然。

“送给你女儿，算是对我的纪念吧。”

“什么女儿？”我望着阿莉莎，不明白她是什么意思。

“请静下心来听我说，噢，不，别这样看着我，别这样；我已经很难开口了，但这件事我一定要告诉你。听着，杰罗姆，你早晚要结婚的，是吧？……不，你不要回答我，也不要打断我，求求你了。我只是想让你记住我会永远爱你的……我早就有这个想法……都三年了……我知道你很喜欢这个小十字架，它将来应该戴在你女儿的脖子上，算是对我的纪念。啊！不管这个孩子是谁的……你给她起名的时候……可以用我的名字……”

她喉咙哽咽，说不出来了。我几乎充满敌意地对她喊道：

“你为什么不自己给她？”

她似乎是还想说些什么，可嘴唇哆嗦得很厉害，就像小孩子要哭时的样子。不过她并没有哭。她的眼睛里放射出一种奇异的光彩，使得她的面孔像超凡入圣的天使一样美丽。

“阿莉莎！你明知道我爱的是你，你让我和谁去结婚……”我显得有些粗暴，一把将她抱在怀里，疯了一样地吻她。她斜着身子依偎在我的怀里半天没动，眼睛里充满了泪水。过了一会儿，她把眼睛闭上，以一种无与伦比的动听嗓音说：

“不要再折磨我们了，朋友！还是别把我们的爱情毁了吧！”

或许她还说过：果断些！我记不清了，也许是我自己说的。我突然跪倒在她面前，情真意切地望着她说：

“如果这就是你对我的爱，那你干吗还总是让我等着？真是怪事！我一开始是等朱丽叶结婚，我理解你，知道你希望她也幸福；她现在已经得到幸福了，这是你亲口对我说的。长期以来我一直以为你是不想离开父亲，可现在就剩下我们两个人了……”

“我们还是不要抱怨过去吧！”她轻声说道，“我现在已经不想那些事了。”

“时间还来得及，阿莉莎。”

“不，朋友，来不及了。自从我们领悟到爱情再好也比不上我们当中任何一个人的时候起就已经来不及了。多亏了有你，朋友，我才有了那种非常高远的梦想，任何人间乐趣都不会使它得到满足。我常常想我们生活在一起会是什么样子；当我感到这种生活并不是尽善尽美的时候，我就再也承受不起……我们的爱情了。”

“你是否想过我们不生活在一起会是什么样子？”

“没有！从来没有。”

“那么你现在就看一看吧！三年来由于你不在身边，我一直过着艰难的流浪生活……”

夜幕降临了。

“我冷，”她一边说一边站起身来，把披巾紧紧地裹在身上，“还记得《圣经》中的那段话吧：‘他们并没有得到所希望的东西，因为上帝还有更美好的东西留给我们……’我们当时直担心，生怕没有读懂这段话的意思。”

“你始终相信这些话？”

“当然。”

我们肩并肩地向前走去，谁也不做声了。过了好一阵她才接着说：

"杰罗姆，你还是想象一下那个最美好的东西吧！"她的眼泪一下子夺眶而出，可嘴里却还在重复着："最美好的东西！"

我们又回到菜园子那扇小门跟前来了，她刚才就是从这里走出来的。她转过身子对我说：

"再见了！你也不要再来了，再见，亲爱的。从现在起，最美好的东西……开始了。"

她把手搭在我的肩上，用力抱了我一下又马上把我推开；她久久地注视着我，眼睛里充满了一种难以表达的爱……

那扇小门又重新关上了。当我刚一听到阿莉莎把门闩拉上，便一头栽倒在门上，简直到了痛不欲生的地步。我在那里哭了很久很久，直到深夜。

为什么不把她拽住？为什么不把门砸开？为什么没有不择手段闯到房子里去？不，即便是今天我能够回过头来重新经历这过去了的一切……我也不会这样做。谁要是不理解我当时的心境，也绝不会理解我现在的想法。

几天来，我一直坐卧不安，不由得拿起笔来给朱丽叶写了一封信。同她谈起了自己的封格斯玛尔之行，并告诉她阿莉莎的苍白、憔悴使我感到十分不安。我求她多加小心，并求她随时把阿莉莎的情况告诉我，因为我再也不能指望阿莉莎会给我写信了。

这封信发出去快一个月了，我才收到朱丽叶的来信：

亲爱的杰罗姆，

我要告诉你一个非常不幸的消息：我们可怜的阿莉莎已经不在人世了……从你的信中可以看出你早就有所忧虑，不幸事情竟被你言中了！近几个月来，她的身体一直很弱，但并没有确诊是病。经过我的再三请求，她曾经看过医生A君，那个人从勒阿弗尔给我写了一封信，说她没有什么大不了的病。然而，就在你探望过她的第三天，她却突然离开了封格斯玛尔。我是从罗伯尔的信中得知她离家出走的；她很少给我写信，要不是罗伯尔，我一直也不知道她失踪的消息，因为我对她的杳无音信不会立刻警觉起来的。我狠狠地责备了罗伯尔一顿，怪他没有陪着她一起去巴黎，而让她就这样孤身一人走掉了。请相信，当时我们谁也不知道她的地址。我既无法见到她，又无法给她写信，真急死人了。罗伯尔几天后也到了巴黎，但他什么也没有发现。他办起事来总是那副无精打采的样子，不能不让人怀疑他是否尽力了。我们觉得应该通知警方，再也不能这样痛苦不安地等下去。于是爱德华便动身去巴黎了，他经过许多周折，终于找到了那间阿莉莎曾经住过的私人小诊所。不幸的是，晚了！这个诊所的经理给我写来一封信，通知我阿莉莎已经死了，与此同时，我也收到了爱德华的电报，他甚至都没有能看她最后一眼。临死前的最后一天，她曾经把我们的地址写在一个信封上，以便让人通知我们她的下落，同时，她还把一封信的副本装在另一个信封里寄给了我们在勒阿弗尔的公证人，她的遗愿全都写在那里边了。我觉得这封信中有一段与你有关，下次写信时一定寄给你。葬礼是前天举行的，爱德华和罗伯尔都在场。和他们一起护送灵柩的还有许多病友，她们一再坚持要参加葬礼，并把遗体送到墓地。我自己感到非常遗憾，由于我随时都可能生下第五个孩子，因此没有能亲自去。

亲爱的杰罗姆，我知道她的死会给你带来极大的痛苦，就在给你写这封信的时候，我的心都要碎了。两天来，我一直躺在床上，不想见到任何人，就连爱德华和罗伯尔也不想见，只想和你谈谈阿莉莎，因为只有我们两个人才真正了解她。我现在几乎成了一个人老色衰的家庭主妇，但过去的热情并没有完全化为灰烬，因此我非常希望能够见到你。如果这几天你有事或为了散心去尼姆，请直接到埃格—维沃来，爱德华会很高兴认识你，而且我们两人在一起还可以谈一谈阿莉莎。再见了，杰罗姆。我非常伤心地拥抱你。

几天后，我便知道了阿莉莎的遗嘱：她把封格斯玛尔留给了弟弟罗伯尔，但要求将自己房间里的所有物品和几件她指定的家具寄给朱丽叶。我不久也收到了她亲自盖章加封、指名给我的信件。我还听说，她要求人们把那枚我上次没有收下的紫晶十字架戴在她的脖子上，据爱德华说，这件事已经照办了。

那包加封的信件是公证人寄给我的，里面装着阿莉莎的日记。我打算把其中大部分内容照抄如下，绝不做任何说明，您完全能够想象得出我在读这些日记时的想法和内心骚乱，因为要让我自己描述，只会是挂一漏万。

阿莉莎的日记

埃格—维沃

我是前天离开勒阿弗尔、昨天到达尼姆的。这是我第一次出远门！今天是一八八＊年五月二十三日，正好是我二十五岁生日；我在这里既不用操持家务又不用下厨做饭，心中不免有些百无聊赖；我打算从今天开始写日记——这倒不是为了消磨时间，而是为了找一个可以倾诉心事的伙伴，因为我有生以来还是第一次感到孤独。这是一块陌生的土地，我对它还一无所知，但我觉得这里的一切都与诺曼底和封格斯玛尔相同，让人百听不够，百看不厌——因为上帝是无所不在、无所不同的。不过，在这块南方的土地上毕竟有许多我闻所未闻的东西，因此耳闻目睹的一切都使我感到惊奇。

五月二十四日

我此时正坐在长廊里写日记，朱丽叶就在我身边的长椅上打盹。这是一座意大利式的屋宇，院子里铺着细沙，一直延伸到花园，而这条四面洞开的长廊则给整个建筑增添了许多魅力……从朱丽叶那个地方向前望去，有一片绿草如茵、起伏不平的山坡地，紧挨着山坡是一个池塘，水面上漂游着两只天鹅和一群嬉水的鸭子。池塘里的水来自一条小溪，听人家说，这条小溪年年夏天都是这样水源丰沛，从来没有干过。溪水注入池塘之后，便从另一端流入野树丛生的花园，它越流越窄，很快便消失在干旱的灌木丛和葡萄地里了。

……昨天，爱德华·泰西埃带着父亲参观了花园、农场、贮藏室和葡萄园，我当时没有去，一直和朱丽叶在一起，这样一来，我便可以独自去搜奇探胜了。我今天一大早儿就到园子里散步去了。我看到许多叫不出名的花草树木，为了搞清它们的名字，我每样都采摘了一枝，打算吃午饭的时候请人告诉我。其中有一种我认识，就是杰罗姆曾经在博尔热斯别墅[1]赞叹不已的那种常青橡树……这种树与我们北方树种毫无相似之处，给人的感觉也迥然不同。它们长得苍劲挺拔，遮天蔽日，把园子尽头那块软绵绵的草地遮盖得严严实实，给它蒙上了一层神秘色彩，就是仙女见了，也要下凡的。在封格斯玛尔，我对大自然的感情深受基督教的影响，可是到了这里，这种感情却不由自主地带上了某些神话色彩，让人感到又惊又怕。不过从我那愈加深重的恐惧心理来看，我仍旧是一个虔诚的基督徒。我轻轻地念叨着：hic nemus[2]。早上的空气显得格外清新，四周静得出奇。突然，我听到一声鸟叫，一下子便想到了俄耳甫斯和阿尔米德[3]。鸟的叫声是从离我很近的地方发出的，它是那样清脆，又是那样凄厉，仿佛整个大自然都

① 意大利博尔热斯家族在罗马的夏宫，建于 1590—1607 年间。

② 这句拉丁文的意思是：“这就是乐园。”

③ 俄耳甫斯，希腊神话中的诗人和歌手，以善弹竖琴著称。阿尔米德，法国十七世纪作家吕利同名爱情悲剧中的女主人公。

在屏息静听。我感到心脏跳得很厉害，不得不在树上靠了一会儿；当我回到屋子里的时候，还没有一个人起床。

五月二十六日

我一直没有杰罗姆的消息。如果他把信寄到勒阿弗尔去了，会有人给我转寄过来的……三天来，我每天都在向上帝祈祷，昨天还去了一趟博克斯[①]，但我焦虑不安的心情却一刻也没有消减，只有靠写日记来排遣心中的忧虑了。我今天没有什么别的可写：自从来到埃格—维沃以后，我常常会无缘无故地产生一种莫名其妙的伤感情绪；不过，我觉得这种情绪早就存在于自己的内心深处了，至于我过去那种怡然自得的样子，只不过是将这种伤感情绪掩盖起来了。

五月二十七日

我为什么要欺骗自己的感情？我之所以为朱丽叶的

① 法国中世纪遗址，在尼姆附近。

幸福感到高兴，完全是出于理智的缘故。我曾经那么希望她幸福，甚至把自己的幸福都心甘情愿地牺牲掉了，可是当我看到她毫不费力便得到了这种和我们当初的想象完全不同的幸福时，心中又感到非常痛苦。生活太复杂了！……我清楚地知道，如果她的幸福与我的牺牲无关，如果她无需我做出牺牲便能得到幸福，我反倒会因为一种可怕的私心没有得到满足而生她的气。

我现在只求弄懂为什么自己会因为杰罗姆杳无音信而感到焦虑不安：我是真的心甘情愿做出牺牲的么？如果上帝不再向我提出这种要求，我会感到耻辱。难道我没有牺牲自己的勇气吗？

五月二十八日

剖析自己伤感的原因是多么危险！我的全部身心早就倾注到这本日记上了，可是自己曾经克服过的那种孤芳自赏的情绪在这里会不会重新抬头？不会。但愿这本日记不会成为我顾影自怜的镜子！我一开始就认为自己写日记并不是为了消磨时间，而是出于悲伤。悲伤也是一种罪过，只不过自己没有察觉罢了，我恨它，真想将心中的烦恼一刀斩断。但愿这本日记能够帮助我重新得到幸福。

导致悲伤的原因太复杂了。我永远也不打算剖析自己的幸福。

我在封格斯玛尔的时候也是一个人，甚至还要孤单，可我为什么感觉不到孤独？自从收到杰罗姆从意大利写来的信后，我心里就已经承认这样的事实了。他没有我过得也挺好，而且他的生活中完全可以没有我；我只要能够经常思念他，并把他的欢乐看作是自己的欢乐就行了。然而，我现在却不由自主地呼唤着他的名字：没有他，任何新奇的东西在我的眼里都会变得俗不可耐……

六月十日

这本日记刚刚开了个头，就中断了那么长时间。原因是小莉丝出生了，我每天晚上都要在朱丽叶身边守护很长时间。我给杰罗姆写过信，但我丝毫没有兴趣把那些内容全都写在这里。许多女人都爱唠叨，我可不愿沾上这种招人讨厌的通病。我把写日记看作是一种自我完善的方式。

下面许多页都是她的读书笔记和段落摘抄……接下来便是她回到封格斯玛尔以后写的日记了：

七月十六日

朱丽叶很幸福，这从她的言谈话语中可以看出来，对此我没有权利、也没有理由怀疑……可是，我在她身边那种美中不足，局促不安的感觉又是从哪里来的呢？——也许我感到她太实际、太“墨守成规”，幸福来得太容易了，因此觉得她把自己心中最美好的东西全都扼杀了……

我现在只想知道，这到底是我所希望的幸福呢，还是为了达到幸福所必须经历的过程。上帝啊！千万别让我那么快就得到幸福！给我启示吧，让我到了您的身边再获得幸福。

接下来的许多页日记全都被撕掉了，那上面叙述的肯定是我们在勒阿弗尔那次痛苦难堪的会面。直到第二年，日记才重新开始。虽然她没有注明日期，但这些日记一定是写于我去封格斯玛尔那段时间。

有时，我听着他讲话就好像看到了自己的思想一样。他和我讲道理，使我看到了自己心中的秘密。没有他，我活得下去吗？我只有和他在一起……

我有时总是犹豫，不知道自己对他的感情是否就是人们所说的爱情——因为人们对爱情所作的一般描绘与我的亲身感受之间的差别太大了。我希望什么也不说，爱就是爱，最好连自己也不知道就爱上了他，尤其是不要让他知道我的爱。

没有他，我的生活就没有任何欢乐。我之所以要求自己凡事都做到尽善尽美，完全是为了让他感到高兴，可是我一到了他的身边，便会觉得自己的美德靠不住了。

我喜欢练习钢琴，因为我觉得这样可以使自己每天都有所进步。这可能也是我喜欢读外文书的秘密所在，这当然不是我对外语有什么偏爱，更不是我觉得自己所欣赏的那些本国作家不如外国作家，而是因为当我要弄懂书中所表达的意思和激情时，常常会遇到一些小小的困难，一旦这些困难得到了克服，你无意间就会产生一种自豪感，使人的精神平添了一种心满意足的乐趣，我觉得自己是离不开这种乐趣的。

再大的幸福，只要没有进展，我也决不稀罕。我并不认为和上帝混同在一起就会得到天堂的欢乐，我认为这种欢乐就在于对上帝永无止境的接近过程当中……恕我斗胆玩弄词句，我才看不起那种停步不前的欢乐呢。

今天上午，我们两人坐在林荫路旁的那张长椅上；我们相对无言，谁也不想开口说话……突然，他问我是否相信有来世生活。

“当然，杰罗姆，”我立刻叫了起来，“对于我来说，这远远不是什么希望，而是确凿的事实……”

我猛然间感到，自己的全部信仰都在这声叫喊当中化为乌有了。

“那就让我领教一下吧！……”他停顿了一下接着说道，“你要是没有信仰，是不是为人处世也会有所不同了？”

“我怎么知道，”我回了他一句，然后又补充道，“那你自己呢，朋友，你倒是想有所不同，可你做起事来却像个最最虔诚的教徒，丝毫没有改变。你要是变了，我就不会爱你了。”

不，杰罗姆，不，我们之所以要求自己具有尽善尽美的品德，并不是为了来世得到报偿。对于心地善良的人来说，付出代价必须得到酬报这种想法本身就是一种侮辱。美德不是装饰品，而是美好心灵的表现形式。

爸爸的身体又不太好了，三天来他只能喝一些牛奶。但愿他没有什么大病。

昨天晚上，杰罗姆回到楼上自己的房间里以后，爸爸和我谈了很久。开始时，客厅里只有我一个人。我坐在长沙发上，确切地说，我是躺在上面——这在我几乎是从来没有的事情——我也不知道为什么会这样。灯罩把射到我眼睛和上半身的光线遮住了，只有从裙子下面露出的脚尖映上了一点灯光，我不由自主地便把眼睛转向了那里。这时爸爸进来了，他在门口站了一会儿，用一种又悲又喜的古怪神情死死地盯着我。我被他看得不知所措，连忙站起身来。他对我挥了挥手，说：

“坐到我身边来吧。”虽然时间已经很晚了，可他却和我谈起了我的母亲。自从他们分手后，这还是第一次。他把自己如何同母亲结婚、如何爱她以及母亲最初是如何对待他的都告诉了我。

“爸爸，”我终于开口说道，“你今天晚上干吗要对我说这些？是什么事促使你非要今天晚上说不可？”

“是这样，我刚才回到客厅里来的时候，看到你躺在长沙发上，就在这一瞬间，我仿佛看到了你的母亲。”

我之所以问这些，是因为今天晚上……杰罗姆曾经趴在我的肩膀上和我一起读书。他俯身站在我的坐椅后面，我虽然看不到他的表情，但从他呼出的热气和颤抖的身躯我却能感到他很激动。我假装仍在读书，可书中的意思已不甚了然了，就连那一行行字也模糊成一片了。我心里很乱，简直到了不能自持的地步。我赶紧从椅子上站起来，到客厅外面待了一会儿，幸亏他什么也没有察觉……后来客厅里只剩下我一个人了，我躺在那张长沙发上，爸爸看到后觉得我很像母亲，其实，我当时也正思念着她。

我昨天夜里睡得很不踏实，那一幕幕令人追悔莫及的往事总是浮现在我的脑海里，使人感到心情沉重，痛苦不安。主啊，给我嫉恶如仇的智慧吧。

可怜的杰罗姆！他要是知道我的心思就好了，他有时只需表示一下，而这也正是我所期待的……

当我还是个小姑娘的时候，我就喜欢为他打扮自己了。我觉得自己从来也没有像现在这样“力求完美”，虽然这一切都是为了他，但这种完善却只有在他不在的情况下才能达到。上帝啊！您最让我感到为难的就是这个。

人要是能把爱情与美德融合到一起该有多幸福！我有时怀疑除了爱情之外是否还有别的美德；人应该尽情

相爱，永远相爱……可是过了几天，我又觉得美德与爱情是格格不入的，唉！怎么！我竟不敢把美德看作是自己心灵最自然的流露！唉，蛊惑人心的诡辩！花言巧语的劝说！虚假害人的幸福！

今天早晨，我在拉布吕耶尔[①]的作品里读到这样一段话："至亲者莫若儿女情长，至诚者莫若海誓山盟，希望有情人终成眷属，此乃人之常情。然则人生在世，禁锢却时而有之：惟有真心求道者，方能斩断情缘，不为美色所动。"

那么，我作茧自缚又是为了什么？难道我心中另有秘密，希望得到比爱情还要美妙温馨的东西么？啊！爱情要是能够使我们两人摆脱儿女情长就好了！……

唉！我现在心里非常明白：只有我自己才是他和上帝之间的障碍。他曾经对我说过，爱情使他转向了上帝，如果说开始时是这样，那么现在这种爱情就已经妨碍他接近上帝了。他目空一切，心中只有我一个人，而

① 拉布吕耶尔，十七世纪法国作家。

我则成了他崇拜的偶像，使他整天泡在我身边，不再求善进取了。可是我们两人总要有一个达到至善至美的境界呀。我为自己不能狠心战胜爱情感到失望，上帝啊，给我力量吧，让我鼓起勇气告诉他不要再爱我了。虽然，我将为此付出许多代价，但我可以向您保证他会成为一个功德无量的好人……如果说，今天我为失去他而感到心如刀绞，那么将来我一定能够在您的怀抱中重新见到他的，是吧？……

告诉我，上帝！还有比他更值得您信赖的人吗？他来到世上难道就没有比爱我还要好的事情可做了吗？他要是因为我不求进取，我还会这样爱他吗？好事多磨，通往幸福的大门怎么竟会如此狭窄！……

星期日

“愿上帝保佑我们得到更加美好的东西。”

五月三日　星期一

尽管幸福就在眼前，尽管他主动……伸出手来将我的手握住……

上午和他谈话的时候，我已经将自己的爱情埋葬了。

星期一晚上

他明天就要走了……

亲爱的杰罗姆，我是多么地爱你啊，可我永远也不能向你吐露真情。我板起一副冷漠无情的面孔，心里却万分痛苦，你的离开对于我既是一种解脱，也是一种苦涩的欢乐。

我尽量找理由为自己的行为辩护，可真要做的时候，这些理由就全都靠不住了，我觉得这简直是自欺欺人。我再也不信它们了……

那么，那些促使我躲开他的理由呢？我也不信了……可是不知为什么，我还是躲开了他，尽管我心里很难过。

主啊！让我和杰罗姆双双来到您的身边吧，让我们俩像朝圣的香客一样共同走完人生的旅途吧。我们在一起会互相鼓励，互相帮助，如果一个人累了，另一个人就说："靠在我身上吧，伙伴。"而那个人就会回答："有你在我身边，什么样的困难也不怕……"可是不行呀！主，您指给我们的是一条非常狭窄的道路——窄到两个人无法并肩前进。

七月四日

我已经有六个星期没写日记了。上个月我重读了其中的几页，发觉自己有一种荒唐的念头，竟想为了他……写得漂亮一些……实在是罪过……

想当初，我写日记完全是为了借此忘掉他，可现在看来，我笔下的一切似乎都是写给他看的。

我把自己认为写得很漂亮的那几页全都撕掉了（我深知这意味着什么）。我本该把所有那些和他有关的文字全都撕掉，甚至把这个日记本整个撕了……可我做不到。

既然那几页日记已经撕了，我反倒为自己感到骄傲……我要是没有那么重的心病，准会笑话自己的。

我确实感到自己干得很漂亮，尽管我所销毁的都是一些至关重要的东西！

七月六日

我不得不从自己的书架上拿走……

尽管我总想忘掉他，可我每拿起一本书就好像又看到了他，就连我独自开卷的时候，耳边也仍在响着他读书的声音。我的兴趣和他一样，想法也十分相像，简直到了分不出来的地步，真叫人哭笑不得。

我有时故意写得很糟，好使自己摆脱他的语调。可我越是和他对着干，就越是忘不掉他。我决定暂时不看别的书了，只读《圣经》（可能也要读一读《论模仿基督》[①]），另外，在这本日记里我也不准备写别的东西了，只把每天读到的重要段落记下来。

---

① 《论模仿基督》，十五世纪的拉丁文宗教读物，相传为德国人托马斯·肯庇斯所作。

从七月起她就像“天天要吃饭”一样，每天都抄写一段《圣经》。我这里只想把那些附有心得的部分抄录如下：

七月二十日

“卖掉你的一切，把所得分给穷人。”我的理解是，我应该把自己这颗只属于杰罗姆的心献给穷人。这同时也是上帝的旨意，难道不对吗？……主啊，给我勇气吧。

七月二十四日

我已有几天没有读《心灵的慰藉》了，因为我对这种古老语言的兴趣太浓，读着读着就走神儿了，另外，我还常常感到一种近乎异教徒的欢乐，完全违背了我要从中获得教益的初衷。

我今天又开始读《论模仿基督》了，但读的不是拉丁文本，因为我无论怎样努力也无法集中精力读进去。但愿我所读的法文译本不要太直白——不错，这个译本里渗透了许多新教观点，但从书名上看，它“适用于一切基督教团体”。

“啊！行善不仅可以使你心神安定，而且还会给别人带来莫大的欢乐，如果你懂得这些，那么我敢保证你会更加尽心尽力去做的。”

八月十日

上帝呀，当我向您呼喊的时候，心中充满了孩子般的虔诚信仰，声音也变得和超凡入圣的天使一样了……

我知道，这一切并不是来自杰罗姆，而是来自您。

可是您为什么总是让他的形象出现在您和我之间呢？

八月十四日

再有两个月这个日记本就要写满了……

主啊，帮帮我！

八月二十日

我从自己的悲伤中深深地感到，我的内心深处还没有完全将爱情埋葬。上帝呀，只有您才能使我从牺牲中感到欢乐。

八月二十八日

我所具有的美德是多么平庸、可怜呀！我是不是对自己太苛刻了？——别叫苦了。

只有卑微怯懦的人才总是乞求上帝的力量！我现在的祈祷完全变成抱怨了。

八月二十九日

“看一看田野里的百合花……”

这样简单的一句话竟使我伤心了一个上午，几乎到了难以自拔的地步。今天早晨我到外面的田野里走了走，不由自主地便想起了这句话，我不断重复着，心里一阵酸楚，眼睛里也充满了泪水。我凝视着空旷的原野，只见农夫弯腰驼背，扶着犁艰难地走着……“田野里的百合花……”主啊，哪儿有？

九月十六日　晚十点

我又见到他了。他就住在这所房子里，我向窗外望去，看到草坪上仍然闪耀着他窗子里的灯光。在我写下这几行日记的时候，他还没有睡觉，说不定他正在想我。我觉得他没有变，他自己也是这么说。我是否应该把自己的决定告诉他，好让他打消对我的爱……

九月二十四日

多么可怕的谈话！我明明知道自己如醉如痴地爱着他，可表面上却要装出一副无动于衷、冷若冰霜的样子……到目前为止，我觉得最好的办法还是躲开他。我今天上午之所以会和他交谈，是因为我感到上帝给了我战胜自己的力量，而且我觉得总是这样回避冲突仍然是怯懦的表现。我胜利了吗？杰罗姆对我的爱有所减弱吗？……我既希望这样又害怕这样，唉！……我对他的爱从来也没有像现在这样强烈。

主啊，如果您必须让我下地狱才能使他从我身边得救，那就让我下地狱吧！……

“你们要和我心心相通，亲身感受我的痛苦，只有这样，你们才能继续忍受自己激情的磨难。”

我们谈到了帕斯卡尔……我对他能说什么？我只好和他瞎扯了一气，实在令人惭愧！如果说，我当时就已经感到痛苦不安了，那么在这夜深人静的时刻，我仍在后悔自己说了那些亵渎神明的话。我随手将那本又厚又沉的《思想录》翻开，一下子便翻到了帕斯卡尔写给罗阿娜小姐的那封信：

“当你心甘情愿跟他走的时候，你不会感到自己和他有千丝万缕的联系；但是，当你拗着劲儿硬要离开他时，你就会感到万分痛苦。”

这番话直接触在我的心上，使我没有力量继续读下去了。我把书翻到另一处，偶然发现了一段妙文，这是我过去没有读到过的，于是我便把它抄下来了。

第一本日记到此结束了。接下来的那本日记肯定是被她撕毁了，因为从阿莉莎留下的日记看来，剩下的都是三年后在封格斯玛尔写的了，时间于九月，也就是说，这部分是在我们最后那次见面前不久开始的。

最后这本日记一开始就是这样：

九月十七日

上帝啊，您是知道的，我只有和他在一起才会爱您。

九月二十日

上帝啊，让他和我在一起吧，这样我就可以把自己这颗心献给您了。

上帝啊，让我再见他一面吧。

上帝啊，我保证把自己这颗心献给您；让我的爱情得到满足吧，我会把自己所剩下的一切全都奉献给您……

上帝啊，原谅我这种可耻的请求吧，因为我做不到不把他的名字挂在嘴边，也忘不掉自己心中的痛苦。

上帝啊上帝，我千遍万遍地呼唤着您的名字，千万别看着我悲痛欲绝不管呀。

九月二十一日

“你们将以我的名义向我父求得一切……”

主啊！我可不敢以您的名义……

可是如果我不再祈祷，您能了解我心中的妄想吗？

九月二十七日

我从早晨到现在一直很平静。昨天晚上，我差不多默默祈祷了整整一夜。突然，我感到心中豁亮了许多，仿佛自己的周围是一个光耀夺目、安谧宁静的世界，就和自己儿时想象上帝显灵时情景一样。我担心这种欢乐只是太激动的缘故，便赶紧上床睡觉了；这股欢快劲儿还没过去，我就很快睡着了。今天早上醒来，我感到自己还是那样快活，于是我确信，他要回来了。

九月三十日

杰罗姆！我的朋友，虽然我仍旧用弟弟来称呼你，但我对你的爱却远远超过了手足之情……多少次，我在山毛榉树林里呼唤着你的名字啊！……每天傍晚夜幕快要降临的时候，我都要从菜园子的那扇小门出去，到已经很黑了的林荫路上走一走……我有时会突然听到你的回答，仿佛你就藏在那个石坡后面，使得我赶紧把眼光投向那里；有时，我又好像看见你远远地坐在那张长椅上等我，我心里一点也不感到突然……相反，我要是看不见你，反倒会觉得奇怪。

十月一日

仍然是一无所获。夕阳在无比清澈纯净的天边落下去了，而我却仍在等待着。我相信再过一会儿自己就要和他坐在那张长椅上了……我仿佛已经听到了他的声音，我多么希望能听到他呼唤我的名字啊……他会来的！我将把手放在他的手里，把头靠在他的肩膀上，紧挨着他尽情呼吸。我昨天就把他那些信带在身上了，我原打算再看一遍，但由于我满脑子想的都是他，竟没有来得及看。我把他喜欢的那枚紫晶十字架也带在身上了，记得那年夏天，我每天晚上都把它戴在脖子上，以表示我不愿意他走。

我准备把这枚十字架还给他，这是我由来已久的梦想：他结婚了；而我呢，则将成为他第一个女儿的教母，我这枚首饰就是送给那个小阿莉莎的……可我为什么从来也不敢在他面前说起这件事？

十月二日

我今天就像在天空中飞来飞去忙着筑巢的小鸟一样，感到心情格外轻松愉快。他一定是今天来，我已经感觉到了，对此我深信不疑。我真想嚷嚷出去，让所有的人都知道。我甚至感到有必要把这种预感写在这里。我再也不想掩饰心中的欢乐了，就连对我的事一向漠不关心的罗伯尔也察觉到了。我被他问得好难堪，简直不知道该如何回答他。怎么，我今天晚上还要白等吗？……

不知怎么，我仿佛觉得眼前有一面透镜，它把爱情之光全都集中到我心中的焦点上了，并使我到处都能看到他那放大了的形象。

唉！我已经等得筋疲力尽了！……

主啊！把那通往幸福的大门向我稍稍敞开一会儿吧。

十月三日

唉！一切都破灭了。他像影子一样从我的怀抱里溜走了。不，他在这儿，他在这儿！我仍然能够感觉到。我呼唤着他的名字，用手、用唇在黑夜中寻找着他，结果还是一无所获……

我无法静心祈祷，也无法安然入睡。无论是自己的房间还是整所房子都使我感到害怕，我万分痛苦地跑出房门，再次来到黑魆魆的花园里。我刚把门带上就又转身将它推开，异想天开地以为他已经回来了！我在黑暗中呼唤着，摸索着。我再也承受不住自己的悲哀了，便跑回来给他写信。

莫非他出事了？我对他都说了些什么？又做过些什么？我为什么总要在他面前夸大自己的美德？我要付出多少代价才能放弃心中的信仰？我虽然嘴里说信奉上帝，可私下里却在对他撒谎……我满肚子委屈，就是没有地方诉说。杰罗姆，杰罗姆！我知道你也很痛苦，可是每当我在你身边的时候，我便会感到肝肠寸断；一旦真的离开了你，我又会痛不欲生。我们俩真是见不得、离不得。你不要把我刚才说的那些话全都当真，只当是我向你倾吐爱情吧。

我把这封信写了又撕，撕了又写……不觉天已破晓。灰蒙蒙的天空仿佛渗透着泪水，看上去和我的心绪一样凄惨……我听到了农场里晨鸡报晓的声音，沉睡的一切全都苏醒过来了……“现在你们该起床了，时间已到……”

我是不会把这封信发出去的。

十月五日

唯恐有失的上帝呀，既然您已经夺去了我的一切，那么就把我唯一剩下的这颗心也制服了吧。不要让我感到任何温暖，也不要让我对任何事情感兴趣，帮助我战胜这颗可怜的心吧。我再也无法在这所房子、这个花园中住下去了，因为我一看到它们就会重新想起心中的爱情。我真想躲到一个只能看见您的地方去。

您应该帮助我把自己的财产分给穷人。不过，我不忍心将封格斯玛尔卖掉，请您允许我把它留给罗伯尔吧。虽然我已经写好了一份遗嘱，但我对所要履行的手续几乎一无所知：昨天我把公证人找来了，可我并没有把话说清楚，主要是怕他猜出我的决定，事先通知朱丽叶或罗伯尔……我到巴黎之后再补上一份说明吧。

十月十日

我已经到了巴黎。我感到很累，头两天一直睡在床上。人们背着我请来了大夫，他认为我必须接受手术治疗。申辩能有什么用？不过，我还是很容易地就使他相信，我这个人很怕动手术，因此我希望等我“鼓起勇气”以后再说。

我在这里隐姓埋名，就连地址也无人知道。我给这个诊所交了一大笔钱，足以使他们毫不困难地接受我在这里治疗，只要上帝认为我还有必要活在世上，我就可以一直住在这里。

我很喜欢这间纤尘不染、四壁空无一物的房子。最让我吃惊的是，我感到心里非常快活，这大概是我对生活已无所希求的缘故吧。从现在起，我的心里应该只有上帝，因为只有当他占据了我们全部身心的时候，我们才会感到他那慈祥的爱……

除了《圣经》以外，我随身没有带其他任何书；然而今天，当我读着《圣经》的时候，耳边却响起了帕斯卡尔那如泣如诉的声音：

“除非是上帝，任何东西都无法使我的期望得到满足。”

原来我心中所觊觎的仍旧是人间欢乐呀！……主啊！您是否就是为了听到这声叫喊，才让我陷入绝望的？

十月十二日

愿您成为我的主宰！到我的心中来吧，只有您才是我整个身心的主宰。我再也不想用自己的心和您讨价还价了。

虽然我已经累得像个老妇人了，但我的心灵里却保持着一种奇特的孩子气。我仍然像当年做小姑娘时那样，只要房间里的一切没有摆放整齐，只要脱下的衣服没有叠好放在床头，我就睡不着觉……

我死的时候就打算这样。

十月十三日

在毁掉这本日记之前我又重读了一遍。“心灵伟大的人不该把自己的烦恼传给别人。”我想，这句话是圣女克洛蒂·德沃说的。

我正要把日记投入火中，脑子里忽然闪过一个念头，就像有人对我发出警告一样。我感到这本日记已经不属于我自己了，我没有权利把它从杰罗姆的手中夺走，因为这一切都是写给他的。我现在才觉得自己的担心、怀疑都是那么可笑，我再也不会把这些看得那么重了，而且我也不相信杰罗姆看后会感到不安。虽然，我已经对达到那至善至美的顶点感到绝望了，但我拼了命也要把他推上去，上帝呀，让他稍稍了解一点我的苦衷吧！

“上帝呀，我无法登上这座悬崖峭壁，请您带我上去吧。”

十月十五日

“欢乐啊，浸透着泪水的欢乐……”

是呀，我超出了人间欢乐，摆脱了一切痛苦，仿佛已经看到了那光彩夺目的欢乐世界。我深知，那座我无法攀登上去的悬崖峭壁就是幸福……我现在才明白，如果不是为了达到这幸福的顶点，我这一生就算白活了……可是上帝啊上帝！您曾经向我许过愿，说心地纯洁，弃绝红尘的人会得到幸福。您的金口玉言是：“对于死在主的怀抱里的人来说，幸福就在眼前。”我是否应当一直等到死？我的信念就是在这个问题上发生动摇的。主啊！我要用尽全身的力气向您呼喊：我的眼前是茫茫黑夜，我期待着黎明。我要一直喊下去，一直到死。减轻我心中的痛苦吧，我渴望着幸福……难道我不应该有此奢望？性急的小鸟常常在黎明到来之前就开始啼叫了，就好像满天曙光是它的叫声唤来的一样，难道我应该像小鸟一样不等黑夜消失就放声歌唱么？

十月十六日

杰罗姆，我真想告诉你什么是极乐世界。

今天早晨，我翻肠倒肚地大吐了一气，吐过之后，我感到自己一点力气也没有了，真想立即就死。开始时，我感到心里很平静，可是过了一会儿，我便觉得有一种焦虑不安的情绪袭上了自己的心头，仿佛整个身心都震颤起来了。直到现在，我才一下子醒悟过来。我望着房间里空荡荡的墙壁，第一次感到害怕了。我现在之所以仍然在写，就是为了使自己安定下来。主啊！但愿我至死也不要说一句渎神的话。

我挣扎着从床上下来，像孩子一样跪在地上……

快点吧，我想现在就死，免得自己回过味来，发现自己仍然是一个人。

自从收到朱丽叶最后那封通知我阿莉莎已经死了的信之

后，已经有十几年过去了，而我也只是去年才见过她一面。我当时正在普罗旺斯旅行，这使我有机会在尼姆逗留几天。泰西埃一家住的那所外观相当漂亮的房子在弗谢尔大街，正当闹市中心，虽然我已经写信通知他们自己要来，但是当我跨进门槛的时候仍然感到有些激动。

一个女用人把我领到客厅里，没过多久，朱丽叶便迎着我走来了，她步履翩翩，体态丰盈，说起话来一句接一句，热情得让人喘不过气来，简直和普朗提埃姨妈一个样。她刚向我提出一个问题，还没等我回答，她又问起别的了。她问过我的事业又问我在巴黎的住所，问过我的职业又问我的社交关系。她一会儿问我到南方做什么来了，一会儿又问我为什么不直接到埃格—维沃去，她说爱德华见到我会非常高兴的……问过这些事情之后，她便向我介绍起大家的情况。她谈过丈夫、孩子又谈弟弟罗伯尔，谈过最近的收成又谈不景气的生意……我得知罗伯尔已经将封格斯玛尔的房产卖了，之后，他便搬到埃格—维沃来住了。他目前已经成为爱德华的合伙人，这样一来，爱德华就可以长年在外面跑，专门负责销售，而罗伯尔则留在家里，把改良品种、扩大种植面积的事情全都包下了。

我怀着惴惴不安的心情扫视了一下客厅，希望能够发现可以唤起过去的东西。在那些崭新的陈设当中，我一下子就认出了几件从封格斯玛尔带来的家具。一想到物是人非，我便不由得浑身颤抖起来，可朱丽叶却像把过去都忘了似的，绝口不提往事。

楼梯上有两个十二、十三岁的男孩子在玩，她把他们叫了过来，一一介绍给我。她的大女儿莉丝陪着爸爸到埃格—维沃去了。不一会儿，从外面又走进一个十岁的男孩，这就是当年她告诉我阿莉莎死讯时曾经谈起的那个就要出生的孩子。这次怀孕给朱丽叶带来的痛苦一直延续了很久，直到去年她才缓过劲儿来，又生了一个女孩。从她的言谈话语当中可以听出，在所有的孩子当中，她最喜欢的就是这个姑娘了。

“她睡在我的房间里，就在隔壁，我们去看看她吧，”她一边说一边带着我向她的房间走去，“杰罗姆，我一直没有鼓起勇气给你写信……你愿意做这个女孩的教父吗？”

“当然愿意，只要你喜欢这样，”我有些惊奇地答道。

我来到摇篮边，俯身端详着这个婴孩：“我的教女叫什么名字？”

“阿莉莎……”朱丽叶低声答道，“她长得有些像她，你没发现吗？”

我握了握朱丽叶的手没有回答。她把婴孩抱了起来。小阿莉莎在母亲的怀抱里睁开了眼睛，我一把便将她搂抱在自己的怀里。

“你要是成了家，一定是一个非常好的父亲！”朱丽叶微笑着说，“你不结婚还等什么？”

“等着忘掉过去的事情，”我两眼死盯着她，看得她脸都红了。

“你到底想忘掉什么？”

“忘掉我永远也不想忘掉的事情。”

“到这边来。”她突然说道，然后便把我领到一间又暗又小的屋子里。这间屋子有两扇门，一扇通往她的卧室，一扇通往客厅：“我一有空就躲到这里来。这是这所房子当中最安静的屋子，每当我来到这里，便会产生一种与世隔绝的感觉。”

这间屋子像其他所有房间一样紧闭着窗子，的确，在这里既听不到闹市的声音，也看不到院子里的树木。

“我们坐一会儿吧，”她说着便坐到一把扶手椅上，“如果我没有搞错的话，你是想永远怀念阿莉莎。”

我半天没有吭声。

“也许应该说永远想着她对我的情意……啊，不，别尽拣好听的说，我想我是没有办法，只能如此。如果我和另外一个女人结婚，我就只能装模作样，决不会真心爱她。”

“啊！”她不以为然地发出一声感叹，接着便把头扭了过去，整个身子全都朝向了地面，像是有什么东西丢了正在寻找：“这么说，你认为人可以把绝望的爱情永远保留在自己的心中了？”

“是的，朱丽叶。”

“哪怕天天看着别人幸福欢乐，这种爱情也不会泯灭消失？……”

暮色像灰色的潮水涌了进来，逐渐将屋子里的一切淹没在黑暗之中。屋子里的家具全是阿莉莎的旧物，昏暗中，我仿佛听到它们在向我低声说往事，使我感到自己又回到了阿莉莎的房间里。这时，朱丽叶向我转过脸来。我看不清她的面孔，更不知她的眼睛是睁着还是闭着，我只有一个感觉，她很美。我们一直默默地坐在那里，过了好久她才终于开口说道：

“好了！我们应该振作精神……”

她站起身来，刚迈出一步便又无力地倒在旁边的一把椅子上。她用手在脸上抹了一把，显然她哭了……

这时一个女用人走了进来，她的手里举着一盏灯。

André Gide
La Porte étroite

图书在版编目(CIP)数据

窄门/(法)纪德著;老高放译. —上海:上海译文出版社,2022.5 (2025.11重印)
(译文经典)
ISBN 978-7-5327-9008-1

Ⅰ.①窄… Ⅱ.①纪… ②老… Ⅲ.①长篇小说-法国-现代 Ⅳ.①I565.45

中国版本图书馆CIP数据核字(2022)第037501号

窄门
〔法〕纪 德/著 老高放/译
责任编辑/黄雅琴 装帧设计/张志全工作室

上海译文出版社有限公司出版、发行
网址:www.yiwen.com.cn
201101 上海市闵行区号景路159弄B座
山东临沂新华印刷物流集团有限责任公司印刷

开本 787×1092 1/32 印张 7 插页 5 字数 77,000
2022年5月第1版 2025年11月第8次印刷
印数:28,001—33,000册

ISBN 978-7-5327-9008-1
定价:52.00元